U0086205

大陸「新寫實小說」

唐翼明 著　　東大圖書公司 印行

國家圖書館出版品預行編目資料

大陸「新寫實小說」／唐翼明著. --
初版. -- 臺北市：東大發行：三民
總經銷，民85
面；　公分（滄海叢刊）
參考書目：面
ISBN 957-19-2002-9（精裝）
ISBN 957-19-2003-7（平裝）

812

國際網路位址　http://sanmin.com.tw

著作人　唐翼明
發行人　劉仲文
著作財產權人　東大圖書股份有限公司
臺北市復興北路三八六號
發行所　東大圖書股份有限公司
地　址／臺北市復興北路三八六號
郵　撥／〇一〇七一七五——〇號
印刷所　東大圖書股份有限公司
總經銷　三民書局股份有限公司
門市部　復北店／臺北市復興北路三八六號
重南店／臺北市重慶南路一段六十一號
初　版　中華民國八十五年九月
編　號　E 81078①
基本定價　肆元肆角
行政院新聞局登記證局版臺業字第〇一九七號

ISBN 957-19-2002-9（精裝）

自序

本書與《大陸新時期文學（一九七七～一九八九）：理論與批評》雖然論述的重點頗不相同，一著重在思潮與論爭，一著重在作家與作品，但時間上則是互相銜接的。合起來讀，可以對最近二十年大陸文學的發展狀況有一個輪廓的了解。《反叛異化與回歸本體——論大陸文學從「新時期」到「後新時期」的演變》一文原是在中央日報副刊主辦的《百年來中國文學學術研討會》（一九九六年六月）上發表的論文，現移來作本書的導論，同時也可以在這兩本書論述的內容上起一個連接的作用。

大陸「新寫實小說」目次

● 代導論

從反叛異化到回歸本體

——論大陸文學從「新時期」到「後新時期」的演變

一

大陸文壇近年來出現一個新名詞，叫「後新時期」❶。「後新時期」當然是相對於「新時期」而言。所謂「新時期」是指鄧小平當政，實行「改革、開放」的新國策以來的時期，嚴格地說，應從一九七八年十二月中共十一屆三中全會鄧小平以「實踐是檢驗真理的唯一標準」的理論鬥倒了華國鋒的「兩個凡是」的綱領以後算起。但華國鋒實在只是一個過渡性的人物，似乎可以忽略不計，所以一般說「新時期」通常都從一九七七年，即毛澤東死後次年算起❷。現在鄧小平尚健在，改革開放的國策也沒有變，那麼以邏輯言之，則大陸應尚在「新時期」中。但從八十年代末期開始，似乎有一些新的現象出現了，在文學方面，某種變化的跡象尤其來得明顯，

❶ 「後新時期」一語首次見於一九九二年九月的《文學自由談》雜誌（天津），關於其命名的由來與含義可參看《文學自由談》一九九四年三月號王寧的《後新時期與後現代》一文。

❷ 頗有反諷意味的是，「新時期」的說法最早竟是由華國鋒提出來的。他在逮捕四人幫、宣布文革結束的一次講話中說：大陸已進入一個「社會主義的新的歷史時期」，此後「新時期」一詞便流行開來了。

例如從七十年代末期到八十年代中期一波接一波出現的文學潮流，作者與評論家對於旗幟與主義的熱衷，不同流派的集結與論戰等，到八十年代末期頗有一種漸趨平靜、冷卻而進入某種混沌狀態之勢。一些理論家覺得有必要另立一名以區別於前一時期，於是乃有「後新時期」一詞的出現。「後新時期」從何時算起，大陸文壇迄未有統一看法，有主張從一九八六年算起的，也有主張從八七年或九〇年算起的❸。我則主張從一九八九年算起，這樣可以兼顧到社會政治的狀況。因為「新時期」並不是一個純粹的文學術語，它含有明顯的政治分期意味。那麼與「新時期」對待而起的術語「後新時期」則也應兼顧到社會政治方面的變化才對。一九八九年大陸發生震驚世界的「六四天安門事件」，這次事件雖然沒有改變大陸「改革、開放」的基本國策，但對大陸社會各方面的影響仍是巨大而微妙的。鄧小平從形式上退出最高領導地位，改由江澤民擔任中共領導的核心。如果大陸上將來真有一個「江澤民時代」出現的話，那麼最早的起點無疑應該追溯到這裡。

---

❸ 可參看趙毅衡《二種當代文學》、王寧《繼承與斷裂：走向後新時期的文學》及張頤武《後新時期文學：新的文化空間》，三文均載《文藝爭鳴》（長春）雜誌一九九二年六期。又陳旭光主張新時期與後新時期的分界在一九八五、八六年間，見他的《「新寫實小說」的終結——兼及「後現代主義」在中國文學中的命運》一文注❶。（《文藝評論》，哈爾濱，一九九四年一期）。

這樣一來，我們就可以把毛澤東去世以後的大陸發展分為「新時期」與「後新時期」兩個階段❹。前一階段從一九七七年到一九八九年，後一階段則從一九八九年到現在。至於「後新時期」何時結束，則不是現在需要談論的問題。

❹ 王寧主張分為前新時期（一九七六～一九七八）、盛新時期（一九七九～一九八九）、後新時期（一九九〇～）三個時期，見注❸所引王寧文。

二

在進入後新時期以前，讓我們先對新時期文學作一個簡略的回顧❺。

大陸新時期文學實在是一個令人驚嘆不已的現象，十來年中，大陸文壇如錢塘江潮，一波接一波地，先後推出了傷痕文學、反思文學、改革文學、尋根文學、先鋒小說、新寫實小說……喧騰擾攘、轟轟烈烈，其面貌變異之頻繁，觀念進展之迅速，作者流派之眾多、篇章卷帙之浩大，讀者參與之熱烈，不僅在中國前所未見，恐怕在世界文學史上也罕有其匹。

如果我們仔細思考一下，就不難發現，在這五光十色、紛繁熱鬧的文學現象背後，有一條貫徹始終的主線，那就是：反叛。

中共自一九四九年建政至一九八九年，整整四十年，大別之實不過兩個時期：毛澤東時期（一九四九～一九七六）與鄧小平時期（一九七七～一九八九）。大陸文學四十年的發展也可

❺ 這個「回顧」大體上摘錄自拙作《大陸新時期前十年的三股主要文學思潮》，見唐翼明《大陸新時期文學（一九七七～一九八九）：理論與批評》（臺北，東大圖書公司，一九九五年四月）一書的附錄一。有興趣的朋友可參考該文及此書正文。

以分為這樣兩個大的階段，其趨向則正好相反。毛時期文學的大趨勢是「屈服」，即文學日甚一日地屈服於毛的「文學必須從屬於政治」及「文學必須為工農兵服務」兩大文藝政策之下而漸漸喪失了自我，變為政治的奴婢，意識形態的宣傳工具，最終異化為「非文學」。鄧時期亦即新時期的文學，則反其道而行之，其大趨勢是「反叛」，反叛中共（主要是毛）強加給文學的桎梏，也反叛自身先前的異化，一點一點、一步一步地尋回文學的自我，由工具回歸本體。

當然，大陸新時期文學的反叛並不是一開始就自覺的，更不是以鄧小平為首的中共領導集團所提倡與樂見的。新時期文學的反叛是一個不自覺的、漸進的、非人力可以主控的自然進程。它是在中共實行鄧小平「改革、開放」政策引進資本主義因素之後在文學上必然導致的結果。同時，文學的反叛也遵循著文學自身運動發展的邏輯。

抓住「反叛」這一條主線來考察大陸新時期文學的發展，不難發現它先後經歷了三次重要思潮的洗禮。這三大思潮分別是：㈠政治反思思潮；㈡文化尋根思潮；㈢仿西方的現代主義思潮。

下面簡單談談這三股思潮。先說政治反思思潮。

政治反思思潮是這樣一種思潮：它是以共產黨及其遵奉的意識形態，即所謂馬列主義、毛澤東思想為本位，來反省、批判中共過去（主要是從一九五七到一九七六年的二十年）行為的偏差。

鄧小平於一九七七年復出視事以後，就下決心要糾正毛澤東晚年路線的錯誤，在以他為代表的中共新當權派看來，毛在一九五七年以後就執行了一條偏離馬列主義、毛澤東思想（鄧把毛澤東思想解釋為中共的正確思想體系，是由毛澤東與中共一大批早期領袖，包括鄧自己在內，共同創造的，而非毛氏一人所獨有）的錯誤路線，用中共的話來說，叫「極左路線」。經過三、四年的醞釀，終於在一九八一年六月二十七日中共十一屆六中全會上通過了《中國共產黨中央委員會關於建國以來黨的若干歷史問題的決議》，對一九五七年的反右運動、一九五八年的大躍進運動、人民公社運動、一九五九年的黨內反右傾運動、一九六四年的農村四清運動及一九六六到一九七六年的十年文化大革命運動，作了一個總批判。

與此一過程相呼應，文壇上也出現了一股反思風，作家們紛紛用文學作品來展示、揭露極左路線造成的災難與「傷痕」，「反思」形成這種悲劇的原因，並由此探索「改革」的道路。於是先後出現了「傷痕文學」（高潮在一九七七至一九七九年間）、「反思文學」（高潮在一九七九至一九八二年間）與「改革文學」（高潮在一九八〇至一九八三年間）。

政治反思思潮是大陸文革後在思想界、文學界興起的第一股思潮，由於前一階段的慣性與歷史條件的限制，它只能以共產黨的意識形態為本位，它未能脫出共產黨政治文化的範疇，語符系統也基本上是沿襲毛時代的。無論是在傷痕文學（以及作為傷痕文學分支的知青文學）、反思文學或改革文學中，我們都找不到否定共產黨及其意識形態的東西，找不到直接批判毛澤東的詞語。但是相對於毛時代大陸文學的一味歌功頌德、粉飾太平，它仍然帶有雖然微弱，但卻明顯的反叛氣息。它至少認定在過去若干年裡，共產黨犯了錯誤，而且造成了很大的災難，並非都那麼「偉大、光榮、正確」；社會主義社會仍然有悲劇，而且有很大的悲劇，並非光明普照，未見得是「人類歷史上最優越的社會制度」。因此，儘管反思思潮由於歷史條件的限制，不可能超越共產黨及其意識形態的本位，但在具體作品中，在其反思過程中，它必然會引導讀者超越這個本位，進而思考整個共產黨和社會主義制度的問題。反思思潮下產生的文學作品，本質上仍然是為政治服務的（為改革開放的政治服務），但已不再是歌功頌德的宣傳品了，它已部分地恢復了三十年代文學傳統中的社會批判功能，為新時期文學的反叛發出了第一個信息。

文化尋根思潮繼政治反思思潮而起，其高潮在一九八四至一九八六年間。與反思思潮注重政治省思與批判不同，它關注的重點是文化——對民族文化傳統的回顧與對民族文化心理機制的解剖。文化尋根也就是文化反思，從政治反思到文化反思，這也是一種極自然的進展，人們想在政治的背後探求更深厚的根源。在這種思潮下產生出來的文學作品便是所謂「尋根文學」。

尋根派作家從政治的熱點中退出來（或說透過去），把筆鋒切入政治背後的文化。他們或有意淡化故事的時間背景，在一種不確定的敘述中表現一股萬古不變的蠢然的傳統蒙昧；或敘述過往年代的事情，與現在不發生關係；或專講窮鄉僻壤的風俗，所謂天高皇帝遠，共產黨的現實政治影響較小，而古老的文化傳統與精神得以保存。即使是發生在當代的故事，在尋根派作家的筆下，也會顯得頗有古意，讀者只覺得傳統之強而有力。總之，尋根派作家似乎有意要撇開，至少是淡化現實政治。他們大多有意要跳出共產黨政治文化的框框，他們不甚看重，甚至有意輕視共產黨三十多年來的統治在中國留下的印跡，而試圖用自己的作品說明真正維持這個民族生命、決定這個民族命運與性格的、暗中推動與導航這個民族之船的並不是表面上統治這個國家的共產黨及其意識形態，而是一種古老、強大、無所不在、滲入底層老百姓血液中的傳統文化，包括儒家的仁義、道家的超脫、古老的巫術、民間的迷信等等。

尋根文學在張揚民族文化傳統的同時，嘲笑了共產黨的妄自托大，也嘲弄了共產黨的「文學為政治服務」的原則。正是在這裡，我們看到了文化尋根思潮的強烈反叛色彩。

值得注意的是，尋根文學不僅在內容上跳出了共產黨政治的漩渦，而且在語言、結構、風格上也極力擺脫中共宣傳文學的窠臼，力求恢復文學的傳統審美品質與審美意趣。尋根思潮是大陸新時期文學拋棄中共「工具論」，恢復文學主體意識的重要標誌。

差不多在尋根思潮興起的同時，另一股強有力的思潮也在大陸上流行起來，大有與尋根文學分庭抗禮之勢。這就是現代主義思潮。

不可否認，現代主義是一種舶來品。它本來是指在第一次世界大戰時興起，在第二次世界大戰後盛極一時的，流行於歐美知識分子中，特別是文學、藝術界的一種思潮。它是置身於政治、經濟大動盪時代的西方知識分子精神危機及精神探求的產物，也是西方文藝復興以來的現代化運動推行到一定階段後，必然導致的結果。隨著舊的威權系統（宗教、皇權、道德、傳統價值）的崩解，人一方面獲得了自由，一方面也由於價值系統的虛空而變得無可依傍、沒有歸宿。而兩次世界大戰的噩夢把世界的荒謬、生活的恐怖以及人類的毫無保障的生存處境更加突顯出來。現代主義在哲學、文學、藝術上所表現出來的那種惶惑、恐懼、疏離、異化、躁動不安、無所執著、怪誕、荒謬、痛苦、絕望、非理性等等情緒正是西方知識分子在精神失重的狀況下面臨外部災難時的慌亂、掙扎以及尋找出路、擺脫困境的努力。

中國大陸知識分子在擺脫封建皇權專制之後，還沒有喘過氣來，就又重新被壓在共產黨和毛澤東的五指山下，他們既不知道自由的滋味，也不曾體驗過精神失重的惶惑。所以，現代主義不僅因為共產黨的禁止而未在中國大陸流行，而且也因為中國大陸根本就沒有現代主義產生的土壤。但是經過文革十年浩劫，又經過幾年來與改革開放相伴而行的自由化之後，大陸知識分子也大體具備了西方兩次世界大戰的類似經驗，所以當現代主義思潮伴隨著西方的科技一起被「開放」進中國大陸以後，很快引起大陸知識分子的好奇與共鳴，並在自己的文學藝術作品中加以倣效，也就是一種自然現象了。

在大陸新時期文學作品中最早表現出現代主義影響的是意識流小說技巧的運用，率先實驗者是著名作家，後來一度作過文化部長的王蒙。他在一九八〇年前後連續創作了《夜的眼》、《春之聲》、《風箏飄帶》、《海的夢》、《蝴蝶》、《布禮》等六篇小說，有意打破以故事情節為小說結構手段的傳統習慣，而改採以人物的心理、意識、感受為結構小說的主要手段，以「心理時空」代替「客觀時空」，即以意識流動的順序來代替事物發展的真實時空順序。此後模倣者頗多，一時蔚為時髦。

但是，現代主義作為一個哲學思潮（而不只是片斷情緒）連同它的審美追求（而不只是一兩種表現技巧）在中國大陸大行其道則要到一九八五年以後了。這一年女作家劉索拉發表了她的處女作中篇小說《你別無選擇》。小說描寫一群音樂學院的學生，這些人一方面才華橫溢、蔑視傳統，一方面又表現得像一群精神病患者，集頹喪、瘋狂、怪癖、荒唐於一身。這篇小說表現出一種中國人前此很不熟悉的人物類型、社會心理、語言方式與審美趣味，它離中國傳統很遠，而跟西方現代派作品，例如《異鄉人》、《二十二條軍規》、《麥田捕手》等味道很接近。《你別無選擇》在大陸文壇掀起了一股模倣西方現代主義文學的熱潮，一時怪作叢出，奇彩紛呈。有的跡近嬉皮，用一種嬉笑怒罵、玩世不恭的態度，用市井之腔、調侃之調，表示對一切傳統的、因襲的價值觀念、行為準則、精神權威的輕蔑、反抗與不合作；有的則以一種近乎殘酷的肆無忌憚來展示生命的病態、腐朽、陰暗、卑微與無望；有的作品突顯現代中國人的生存困窘、現實的荒謬與錯亂，充滿了「黑色的幽默」；還有一部分則顯然從中南美洲作家那裡得到靈感，創作了一系列時空倒錯、真幻交織、生死相通、美醜雜揉的「魔幻現實主義」的作品。

這一大批在西方現代主義思潮影響下產生的光怪陸離的小說，使中國讀者大開眼界，它不僅與中共數十年來所提倡的革命現實主義創作原則背道而馳，也同二、三十年代中國新文學的傳統大異其趣。評論家們紛紛以「探索小說」、「新潮小說」、「先鋒小說」、「實驗小說」來稱呼它們。儘管這些小說還相當不成熟、模仿西方的痕跡太明顯，但是它們對中共文學原則及中共文學傳統的反叛與顛覆，卻是最大膽、最徹底，也是最致命的。它們在思想內容上的荒誕不經、戲弄權威消解了由中共數十年來刻意塑造，以馬列毛意識型態嚴密包裝的政治神話與英雄神話，它們在表現手法及語言運用上的離經叛道與肆無忌憚又解構了大陸文壇數十年來形成的千人一腔的革命八股（評論家李陀稱之為「毛文體」）。

以上三股思潮先後疊起，推波助瀾，造成了大陸新時期文壇前呼後擁、你爭我辯、旗幟變幻、名目繁多的熱鬧景象，而反叛的精神則一以貫之，而且愈來愈明顯，愈來愈自覺，愈來愈強烈。

三

一九八五年前後大約可視為新時期文學的巔峰期。這時候政治反思告一段落，「文化尋根」的口號響亮叫出，模仿西方現代派的「先鋒小說」也蔚然興起，一時佳作如雲，爭奇鬥豔。但這股熱潮只持續了兩年，到一九八七年就有點後繼乏力了。文化尋根由於跟現實生活缺乏緊密的感應，漸漸變成了向深山老林、窮鄉僻壤中去獵奇，或者作文化人類學知識的圖解。文化的寓意取代了現實的血肉，尋找傳統的根時卻失去了現實的根。先鋒小說則一味追求表現手法上的新奇、怪異，滿足於文本操作上的爭勝，而在思想主題上則蒼白無力，往往只是演繹西方哲學中的某一觀念，卻遠離了普通中國人眼下的生存實境。何況它們畢竟離開大陸讀者的傳統審美趣味有一段相當的距離，開始時大家還覺得新鮮；但不久就感到厭倦與失望了。舊的旗幟既失去了光彩，新的主義又誕生不出來，於是，一向喧鬧的新時期大陸文壇突然間露出一種沈寂、疲軟之態，大家都驚呼：文學正從高潮滑向低谷。

其實不然。

現在回過頭來看，一九八七年到一九八九年間，大陸新時期文學正在醞釀一個重要的轉變，這個轉變是從浪漫的開花季節走向平靜而成熟的結果季節，從躁動不安、左衝右突的反叛爭鬥走向贏得自我、回歸本體之後的勝利與喜悅。大陸文壇的「後新時期」悄悄來臨了。

標誌著這一轉變的是後來被文學評論家們稱為「新寫實」的一批小說及其所代表的審美意識的出現。

最早出現也最有代表性的新寫實小說是方方的《風景》和池莉的《煩惱人生》，兩篇都發表於一九八七年❻。而第一個敏銳地感受到這一小說形式及審美意識的新變的則是大陸著名文學評論家雷達❼。他一九八八年三月二十六日發表於《文藝報》的題為《探究生存本相 展示原色魄力——論近期一些小說審美意識的新變》一文，是提出和探討新寫實小說的最早的文章。文中說：

> 去年以來，就在小說領域總體上顯得鬆弛、溫吞、缺乏興奮點的氛圍中，我陸續接觸

---

❻《風景》發表在《當代作家》一九八七年五期，《煩惱人生》發表在《上海文學》一九八七年八期。

❼雷達近年來一直是大陸「中國作家協會」機關報《文藝報》文學評論方面的主持人。

到一些作品，它們大致是：《風景》（方方）、《曲里拐彎》（鄧剛）、《煩惱人生》（池莉）、《狗日的糧食》、《殺》、《白渦》（劉恆）、《塔鋪》（劉震雲）、《黑砂》（蕭克凡）、《紅橄欖》（蕭亦農）等。讀這些作品，我體驗到一陣陣新鮮、酷烈、吃重、辣絲絲的情緒，領略到一種源自生命潛境的原色魄力。當這些分散的作品在記憶的屏幕上情不自禁聯繫起來時，我明顯地感到，在審美意識上，一個區別於前一時期的、強勁的聲音正在拱動，正在升起。它們以生活自身的拙樸，以豐盈的生命血色，以無畏的眼光，掃蕩著某種觀念畸形發達、軀體未免萎縮的孱弱之態。在取材上，它們可能是南轅北轍的，寫都市、寫鄉村、寫知識分子的都有，在作品的格調上，它們當然並不統一，但是，在把握現實的內在精神上，在以肉體直搏民族的生存狀態和生存本相上，在正視「惡」、「醜」，並將其提升到審美層次上，以及在對美的價值判斷上，卻不無某種不約而同的潮流性變化。

這一發現與評論很快在報刊上引起了回響，許多人肯定了這一類小說或這一種文學現象的存在，並進而開始討論其特徵、定義與得失。第一個為它定名為「新寫實小說」的是大陸另一著名評論家張韌，他說：

（這類小說）不僅與現代派、與尋根小說，而且與傳統現實主義有了帶根本意義的區別，所以，與其說它是現實主義「回歸」或「後現代主義」，不如按其自身特點稱它為「新寫實小說」。❽

「新寫實小說」一名此後得到大家的認同，便在文壇上流行開來。一九八九年南京大型文學雜誌《鍾山》還特別推出「新寫實小說大聯展」，得到了包括王蒙在內的許多著名作家的響應，「新寫實」一時蔚為風氣。

一九八八、一九八九兩年中，新寫實小說出現了大批膾炙人口的作品，例如劉恆的《白渦》、《伏羲伏羲》（後來被張藝謀改編為國際聞名的電影《菊豆》）；劉震雲的《新兵連》、《單位》、《官場》；蘇童的《妻妾成群》（後來也被張藝謀改編成國際聞名的電影《大紅燈籠高高掛》）、李曉的《天橋》，池莉的《不談愛情》；葉兆言的《狀元境》、《追月樓》、《豔歌》等等。大批優秀的新寫實小說的出現標誌著大陸文壇「後新時期」的正式到來。

新寫實小說究竟有些什麼不同於以往的特點，而新寫實作家又有些什麼不同於以往的主張呢？

❽ 張韌：《生存本相的勘探與失落——新寫實小說得失論》，《文藝報》，一九八九年五月二十七日。

應當指出，「新寫實小說」從一開始就不是一個自覺的文學運動或流派，它沒有明確的大家共同遵守的綱領和宣言。但是很顯然的，被概括為「新寫實小說」的一批作品的確有某種共同的東西，某種共同的審美意識與共同的精神追求。這種共同的東西歸納起來大致是以下兩個方面：

1.在作品內容與精神追求上，這些小說多半寫普通人的庸常生活，特別注重人的生存困境，要求正視生活的本相、歷史的本相、人的生存本相，並且力求在作品中還原這種本相，不誇飾、不掩蓋，不刻意塑造英雄或「典型人物」，尤其不喜依據某種意識形態去編織理想的光環，而是要原原本本展示生活的「原生態」，要求保持生活的「原汁原味」、「毛茸茸」的「本色」，並避免作意識形態評價或道德評價。

2.在表現形式，特別是語言運用上，新寫實小說崇尚自然，尊重日常語言的公共規範，反對矯揉造作，刻意求深，不在文字操作上故弄玄虛，過分玩弄文字與敘事技巧，不人為製造懸念、高潮之類，而提倡平實自然，貼近生活，寓趣味於平凡之中。

劉震雲有一段話，簡單明白地說出了「新寫實小說」作家們的共同旨趣與追求：

我寫的就是生活本身。我特別推崇「自然」二字。……崇尚自然是我國的一個文學傳說，自然有兩層意義，一是生活的本來面目，寫作者的真情實感，二是指文字運用自然，要如行雲流水，寫得舒服自然，讀者看得也舒服自然。❾

不難看出，新寫實小說在精神追求上那種直面慘淡人生，正視生存焦慮，展示生存本相的勇氣是與現代代主義一脈相通的，而在形式與語言上的自然平實作風則與現實主義類似，有人說，「新寫實」是「寫實的軀殼，先鋒的精神」，是頗中肯綮的。

從更本質的意義上講，不妨說「新寫實」是「傳統的軀殼，反叛的精神」。形式上，「新寫實」似乎回到了傳統和現實主義，其實質卻是同中共傳統的現實主義，即所謂「革命現實主義」或「社會主義現實主義」針鋒相對的。

大陸的文學評論家們也看到了這一點，只是他們話說得較為婉轉而已。讓我們引一段評論來看看：

> 事實上，作為「關懷現實的主義」的一種表現形態，新寫實小說出現的種種新變，已經從現實主義的概念範圍內部對這一美學原則的各項規約作出了幾乎一一對立的解構：現

❾《新寫實作家、評論家談新寫實》，《小說評論》，一九九一年第三期。

實主義要求塑造典型人物，新寫實小說往往寫庸眾；現實主義要求作品體現出作家的傾向性，新寫實小說偏偏不動聲色，據說是奉行「情感的零度介入」（根據我的觀察，新寫實小說廣泛採用的是一種「自由間接轉換話語」敘事，藉以混淆作者與敘述主體，從而將作家的傾向性掩蓋起來）；現實主義要求作家對生活加以提煉深化，新寫實小說偏偏寫生活流，擺出一些「純態事實」（其實也並非絕對純粹，只不過不刻意用這些「事實」去說明某一既定主題而已）；現實主義把細節描寫的真實當作一個無需特別提及的前提條件（有人認為新寫實小說與現實主義原則唯一吻合的地方就在這裡），而新寫實小說卻在運用「非模仿的紀事筆法」描摹人情世態；現實主義把作品的思想深度（表現社會「本質」的深度）當作判別作品質量高低的第一標尺，新寫實小說卻力求與平民境界和光同塵；現實主義重視小說的故事情節，是因為「真理」從不自動呈現，需借助情節去加以解說和演示；而新寫實小說大多不準備教給讀者一個現成的「真理」，因此通常置情節於不顧：如此等等。⑩

同一篇文章下文又說：

---

⑩ 張業松：《新寫實：回到文學自身》，《上海文學》，一九九三年第七期。

> 與「偽現代派」(筆者按：即我前文說的「仿西方的現代主義」)的對抗姿態相反，新寫實小說出之以一種準備與現實主義原則相妥協的姿態，而實際上它對現實主義的反叛才真正帶有某種現代主義的意味：它在現實主義的內部處處攻城掠地，幾乎在每一點上都要尋求一種證明：並非只有現實主義原則才適合於按照常人的審美層次和知解能力的方式去認識和表現「現實」，相反，當作家違背現實主義原則的各種規約的時候，「現實」反而充滿更多的意趣和魅力。這是一種典型的反諷或曰戲擬。[11]

這位評論家算是很敏銳也很大膽的了，但礙於大陸的現實，那最後一層總是不能點破，因而「反叛」的意味也總嫌不夠顯豁。讓我們來幫助大陸的評論家們點破一下吧。為了行文的簡潔，下面我擬採用辭典的方式對「新寫實小說」的一些主張作一個分條疏解：

1.「還原生活本相」，表現「生活的原生態」

其實，生活的本相是無法還原的，生活的原生態也是無法表現的，正如蘇童說過的：任何作品中表現的生活都只能是作者心靈中的生活。這個主張的真正意思是，寫作家自已眼中、心

⓫ 同前注。

中的生活，而不是寫他人眼中、心中的生活或某種理論（例如馬克思、毛澤東思想）概括的生活，或某種「集體」（例如共產黨、無產階級）設定的生活。總之，是要洗去過去共產黨、馬列主義意識型態塗抹在生活上的種種油彩與幻象，而這原本是被幾十年的共產主義文藝理論與實踐視為理所當然的。大陸文評家陳曉明說：「新寫實主義」要求「放棄烏托邦衝動、拒絕提供集體想像，回到生活事實」[12]，亦即此意。

2.「不談理論」

表面上看，是對一切理論的厭煩，其實，它是有針對性的。因為共產主義文藝理論，特別是毛澤東的文藝理論，幾十年來一直是大陸文藝界必須奉行的準則，共產黨特別強調這種理論對於創作的「指導意義」。誰也不敢否認或背離。現在「新寫實」作家提出「不談理論」，實質就是不談共產主義文藝理論，否認它對創作的指導意義，從而為消解意識形態，擺脫共產黨的控制，走向個人化的書寫開闢了廣闊的道路。新寫實小說的反叛精神於此表現的特別明顯。

[12] 陳曉明：《反抗危機：論新寫實》，《文學評論》（北京），一九九三年第三期。

3.「感情零度介入」

共產黨一直強調作家要「站穩無產階級立場」、「愛憎分明」，文學作品要成為「團結人民、教育人民、打擊敵人、消滅敵人」、「歌頌革命、暴露敵人」的有力武器（毛澤東語），「新寫實」作家提出「感情零度介入」或如某些評論家說的「激情消解」⑬，就是與此針鋒相對，拋棄中共立場，不以中共之愛憎來看人看生活。

4.「避免做理性評價」

「避免做理性評價」其實應說「避免作意識形態評價」，「理性」云云是不得已的含糊其辭。「新寫實小說」只敘述生活，不評價生活，不發議論，其實質是拒絕共產黨的價值觀，拒絕作共產黨意識形態的宣傳者，拒絕讓自己的作品成為政治的工具。

5.表現「現象的真實」

---

⑬ 陳思和：《當代創作中的生存意識——關於「新寫實小說」特徵的探討》，《新地文學》（臺北），第一卷第四期，第一六七頁。一九九三，三月。

這恰恰是共產主義文藝理論非常忌諱反覆批判的東西。在共產黨看來，我們平常眼中所見的生活現象只是表象，而非本質，如果只表現這種「現象的真實」，就會歪曲「本質的真實」。本質是什麼？本質就是按共產主義理論所推論出來的樣子。這個本質如何表現？那就要通過「塑造典型環境中的典型人物」（恩格斯語），特別是無產階級的英雄人物（所以文革中發展成為「三突出」、「高大全」之類的荒謬的創作「原則」），靠精心設計的故事情節來表現。現在新寫實作家卻公然宣稱他們就是要表現這種「現象的真實」，例如池莉就說：「藝術真實只是理論上的，其實現象和本質是相通的，只要有現象真實便能觸及到本質，而所謂本質真實如果篡改了現象便是不真實的，所以我完全是寫實的。」[14]這話說白了就是拒絕撒謊，拒絕按共產黨的理論去編造人物、故事以欺騙讀者。新寫實作家提倡的寫生活「本色」，寫「生活流」，不排斥生活中的偶然因素，不刻意塑造典型人物，不故意製造高潮，戲劇性的情節，甚至「消解故事」等等，都是從這個主旨得出來的自然結論。

總之，「新寫實」的真正要害是拒絕接受中共文藝理論的指導，排斥中共「革命現實主義」的幾乎所有的規範，更拒絕作中共的代言人，拒絕宣揚共產黨的意識形態。一些大陸文評家給

[14] 同[9]。

它戴上「平民藝術」[15]、「大眾哲人」[16]的桂冠，說它「視點下移」[17]，稱讚它建立了與讀者的「平等的對話意識」[18]等等，可說都沒有搔到癢處（當然他們也有不能明言的苦衷）。

大陸新時期文學經政治反思、文化尋根及仿西方的現代主義三階段的反叛，至此結出了一個勝利的碩果。現在再也不需要站在共產黨及其意識形態的本位上去反思歷史與生活了，這個「本位」根本就被新寫實小說家們徹底拋棄了；現在也不需要越過現實政治去尋找文學之根了，新寫實小說的筆觸，肆無忌憚地深入到大陸現實社會的各個角落，包括共產黨的「官場」（劉震雲的同名小說就是一個最好的例子）在內；現在也不需要「曲里拐彎」（鄧剛有同名小說）地虛構種種荒誕不經的現代主義文本，旁敲側擊地發洩對現實的反抗與不滿了，新寫實小說直截了當地揭示大陸各階層人民生存的艱窘與精神的尷尬……。

對中共治下的大陸文學而言，這真可以稱得上是一次脫胎換骨的革命性的變化。妙的是，

---

[15] 林為政：《新寫實小說，平民藝術的追求》，《當代作家評論》（瀋陽），一九九三年第二期。

[16] 同[10]。參看該文第二部分。

[17] 張德祥：《走向寫實：世紀末的文學主流》，《社會科學戰線》（長春），一九九四年第六期，參看該文第二部分。

[18] 王敏：《新寫實小說與現代人意識》，《理論學刊》（濟南），一九九三年第一期，參看該文第二部分。

這場革命幾沒有遇到什麼反抗，在一種從容、平靜中就完成了，大家也都理所當然地接受了它。偶爾有一兩個批評者，也頂多只是說新寫實小說描寫的大多是生活中的消極因素（現在連「陰暗面」這樣的尖銳的用語都很少有人用了），缺乏理想的光輝，缺少令人感奮上進的力量，是一種「無可奈何的感嘆及傳達」[19]，如此而已。這種情形說明，不僅共產黨的文藝理論在大陸已經沒有市場，而且共產黨整個意識形態在大陸也已經完全式微了。

四

大陸新時期文學對異化的反叛經由新寫實小說推至頂點，得到勝利的結局，文學由政治的附庸與工具復歸於本體。文學終於尋回了自我。從這個意義上講，大陸後新時期的文學乃有可能成為「純文學」。

文學擺脫政治附庸地位的結果，也同時失去了政治給它的附加利益，於是，文學不再有轟

---

[19] 周政保：《無可奈何的感嘆及傳達》，《文藝研究》（北京），一九九三年第二期；劉納：《無奈的現實和無奈的小說》，《文學評論》（北京），一九九三年第四期；柏文猛：《論新時期文學中的消極生命意識》，《鹽城師專學報》哲社版，一九九四年第二期。

動效應，文學不再有使命感（「反叛」也是一種使命），作家不再被尊為「靈魂的工程師」，人民的教育者。文學從此要靠自己的雙腳站立，文學要用自己的魅力為自己開闢市場。於是，一方面由於文學不再像以前那樣老是成為社會的熱點而使一部分作家有受到冷落的感覺；另一方面也促使文學必然走向多元化的局面，以適應社會各階層的需要。一九九〇年以後大陸文壇仍以新寫實小說佔優勢，同時各種各樣不能完全歸入新寫實範圍的小說及文學作品也大有群芳競豔之勢。諸如新文化小說、新歷史小說、新感覺小說、新鄉土小說、新言情小說、新武俠小說、新市民小說、新都市文學、新狀態文學[20]，都曾經打出旗號，招兵買馬，但沒有一種成為一時潮流如八十年代那樣，時人謂大陸文壇現在是「各領風騷三五天」，確乎如此。

一個去意識形態化之後、由異化回歸本體的文學，必然是沒有權威、沒有主義，八仙過海，各顯神通的。而這，正是大陸後新時期文壇的狀況。應當說，這才是文學的正常狀況。

---

[20] 參看張韌：《新苑掠影》，《中華文學選刊》（北京），一九九五年第五期，及白燁：《「後新時期小說」走向芻議》，《文藝爭鳴》（長春），一九九二年第六期。

史地類

國史新論	錢　　穆　著
秦漢史	錢　　穆　著
秦漢史論稿	邢義田　著
宋史論集	陳學霖　著
中國人的故事	夏雨人　著
明朝酒文化	王春瑜　著
歷史圈外	朱　　桂　著
當代佛門人物	陳慧劍編著
弘一大師傳	陳慧劍　著
杜魚庵學佛荒史	陳慧劍　著
蘇曼殊大師新傳	劉心皇　著
近代中國人物漫譚	王覺源　著
近代中國人物漫譚續集	王覺源　著
魯迅這個人	劉心皇　著
沈從文傳	凌　　宇　著
三十年代作家論	姜　　穆　著
三十年代作家論續集	姜　　穆　著
當代臺灣作家論	何　　欣　著
師友風義	鄭彥棻　著
見賢集	鄭彥棻　著
思齊集	鄭彥棻　著
懷聖集	鄭彥棻　著
周世輔回憶錄	周世輔　著
三生有幸	吳相湘　著
孤兒心影錄	張國柱　著
我這半生	毛振翔　著
我是依然苦鬪人	毛振翔　著
八十憶雙親、師友雜憶（合刊）	錢　　穆　著

語文類

訓詁通論	吳孟復　著
入聲字箋論	陳慧劍　著
翻譯偶語	黃文範　著
翻譯新語	黃文範　著

釋迦牟尼與原始佛教　于凌波 著
唯識學綱要　于凌波 著

社會科學類

中華文化十二講　錢　穆 著
民族與文化　錢　穆 著
楚文化研究　文崇一 著
中國古文化　文崇一 著
社會、文化和知識分子　葉啟政 著
儒學傳統與文化創新　黃俊傑 著
歷史轉捩點上的反思　韋政通 著
中國人的價值觀　文崇一 著
紅樓夢與中國舊家庭　薩孟武 著
社會學與中國研究　蔡文輝 著
比較社會學　蔡文輝 著
我國社會的變遷與發展　朱岑樓主編
三十年來我國人文社會科學之回顧與展望　賴澤涵 編
社會學的滋味　蕭新煌 著
臺灣的社區權力結構　文崇一 著
臺灣居民的休閒生活　文崇一 著
臺灣的工業化與社會變遷　文崇一 著
臺灣社會的變遷與秩序(政治篇)(社會文化篇)　文崇一 著
臺灣的社會發展　席汝楫 著
透視大陸　政治大學新聞研究所主編
憲法論衡　荊知仁 著
周禮的政治思想　周世輔、周文湘 著
儒家政論衍義　薩孟武 著
制度化的社會邏輯　葉啟政 著
臺灣社會的人文迷思　葉啟政 著
臺灣與美國的社會問題　蔡文輝、蕭新煌主編
教育叢談　上官業佑 著
不疑不懼　王洪鈞 著
自由憲政與民主轉型　周陽山 著
蘇東巨變與兩岸互動　周陽山 著
鄉村發展的理論與實際　蔡宏進 著
戰後臺灣的教育與思想　黃俊傑 著

中庸誠的哲學　吳　怡　著
中庸形上思想　高柏園　著
儒學的常與變　蔡仁厚　著
智慧的老子　張起鈞　著
老子的哲學　王邦雄　著
當代西方哲學與方法論　臺大哲學系主編
人性尊嚴的存在背景　項退結編著
理解的命運　殷　鼎　著
馬克斯・謝勒三論　阿弗德・休慈原著、江日新　譯
懷海德哲學　楊士毅　著
洛克悟性哲學　蔡信安　著
伽利略・波柏・科學說明　林正弘　著
儒家與現代中國　韋政通　著
思想的貧困　韋政通　著
近代思想史散論　龔鵬程　著
魏晉清談　唐翼明　著
中國哲學的生命和方法　吳　怡　著
孟學的現代意義　王支洪　著
孟學思想史論（卷一）　黃俊傑　著
莊老通辨　錢　穆　著
墨家哲學　蔡仁厚　著
柏拉圖三論　程石泉　著

宗教類

圓滿生命的實現（布施波羅密）　陳柏達　著
薝蔔林・外集　陳慧劍　著
維摩詰經今譯　陳慧劍譯註
龍樹與中觀哲學　楊惠南　著
公案禪語　吳　怡　著
禪學講話　芝峯法師　譯
禪骨詩心集　巴壺天　著
中國禪宗史　關世謙　著
魏晉南北朝時期的道教　湯一介　著
佛學論著　周中一　著
當代佛教思想展望　楊惠南　著
臺灣佛教文化的新動向　江燦騰　著

滄海叢刊書目（二）

國學類

先秦諸子繫年	錢　穆　著
朱子學提綱	錢　穆　著
莊子篡箋	錢　穆　著
論語新解	錢　穆　著
周官之成書及其反映的文化與時代新考	金春峯　著

哲學類

哲學十大問題	鄔昆如　著
哲學淺論	張　康　譯
哲學智慧的尋求	何秀煌　著
哲學的智慧與歷史的聰明	何秀煌　著
文化、哲學與方法	何秀煌　著
人性記號與文明——語言・邏輯與記號世界	何秀煌　著
邏輯與設基法	劉福增　著
知識・邏輯・科學哲學	林正弘　著
現代藝術哲學	孫　旗　譯
現代美學及其他	趙天儀　著
中國現代化的哲學省思 ——「傳統」與「現代」理性結合	成中英　著
不以規矩不能成方圓	劉君燦　著
恕道與大同	張起鈞　著
現代存在思想家	項退結　著
中國思想通俗講話	錢　穆　著
中國哲學史話	吳怡、張起鈞　著
中國百位哲學家	黎建球　著
中國人的路	項退結　著
中國哲學之路	項退結　著
中國人性論	臺大哲學系主編
中國管理哲學	曾仕強　著
孔子學說探微	林義正　著
心學的現代詮釋	姜允明　著

壹：總論

文學低谷中湧出的新潮

一、「新寫實小說」緣起

八十年代末期，大陸文壇流行著文學跌入「低谷」的說法。

新時期前期，即七十年代末至八十年代初，「傷痕文學」、「反思文學」、「知青文學」、「改革文學」都曾出現過火爆的局面。一篇思想內容大膽、尖銳或藝術上敢於創新的作品很容易引起強烈反響，甚至造成「轟動效應」，如果是招來爭議和批判，就更是爭相傳閱，全社會關注了。

八十年代中期，文學的「轟動效應」是愈來愈少了，但文學的自我感覺還不錯。文壇上緊鑼密鼓，相當熱鬧。在社會的「文化熱」升溫之先，「文化尋根小說」就已經「炒」熱了；對「現代派」的呵斥，也並沒有阻止現代派小說正式登臺亮相，一時間，「中國的羅伯—葛里耶」、「中國的福克納」、「中國的馬爾克斯」（即馬奎斯），「中國的黑色幽默派」紛紛冒出來，各種新潮小說，文體實驗，五光十色，使人目眩神迷；文藝批評方面，主體性旋律高揚，各種外來的思潮、方法也是繁弦急管，奏鳴一片……

然而，情況很快就下滑……

不但是「改革文學」中那些壯懷激烈、大刀闊斧的人物不再令人興奮，時間的推移與觀念的革新，更使人疏離這種宣傳意味頗為明顯的文學，就是剛剛破土而出的「文化尋根小說」也愈寫愈讓人看不下去，有的作品一味在原始、蠻荒的生活中獵奇，與現實生活缺乏必需的感應，有的幾乎成為文化人類學知識的圖解，使人覺得變味和乏味。至於新潮小說，文體實驗，「寫生存卻脫離生存條件，寫狀態卻抽去感性血肉」，「有特定所指的西方現代意識反倒變成某些封閉的知識分子的心靈『替身』，私人象徵和盲目的觀念崇拜了」❶，作者自己已不太能再寫下去，而就讀者來說，也往往是一頭霧水，不能卒讀，大多數人都敬而遠之。隨之，又有所謂「後新潮派」，就更不成陣勢，不成氣候了。

情況確實不妙，幾乎所有文壇的觀察家都搖頭嘆氣：文學跌入了低谷。

文學的出路何在？

大陸「中國作家協會」機關報《文藝報》主持文學評論的著名評論家雷達，在閱讀大量作

---

❶ 見雷達：《關於寫生存狀態的文學》，《民族靈魂的重鑄》，第八九頁，中國工人出版社，一九九二年七月，北京。

品以及對創作宏觀和跟蹤研究的基礎上，以其特有的敏銳，抓住了一些小說審美意識變化的新動向。他發表於一九八八年三月二十六日《文藝報》上一篇題為：《探究生存本相　展示原色魄力——論近期一些小說審美意識的新變》的文章，是提出和探討「新寫實小說」最早的文章。這篇文章中，他這樣表達自己真實的體驗和感受——在從頭講述「新寫實小說」的時候，引述這一段是很有意義的：

> 去年以來，就在小說領域總體上顯得鬆弛、溫吞、缺乏興奮熱點的氛圍中，我陸續接觸到一些作品，它們大致是：《風景》（方方）、《曲里拐彎》（鄧剛）、《煩惱人生》（池莉）、《狗日的糧食》、《殺》、《白渦》（劉恆）、《塔鋪》（劉震雲）、《黑砂》（蕭克凡）、《紅橄欖》（蕭亦農）等。讀這些作品，我體驗到一陣陣新鮮、酷烈、吃重、辣絲絲的情緒，領略到一種源自生命潛境的原色魄力。當這些分散的作品在記憶的屏幕上情不自禁聯繫起來時，我明顯地感到，在審美意識上，一個區別於前一時期的、強勁的聲音正在拱動，正在升起。它們以生活自身的拙樸，以豐盈的生命血色，以無畏的眼光，掃蕩著某種觀念畸形發達、軀體未免萎縮的孱弱之態。在取材上，它們可能是南轅北轍的，寫都市寫鄉村寫知識分子的都有；在作品的格調上，它們當然並不統一，但是，在把握現實的內在精神

上，在以肉體直搏民族的生存狀態和生存本相上，在正視「惡」、「醜」，並將其提升到審美層次上，以及在對美的價值判斷上，卻不無某種不約而同的潮流性變化。

對這一「不是脫離創作的臆想」，也有不少人抱有同感，據說一九八八年秋在江蘇無錫召開的一次小說創作方法研討會上，就有人提出通過更新而使現實主義重歸文壇，並舉出劉恆的《狗日的糧食》、《伏羲伏羲》做為論據。

到了這一年末，雷達在做年度小說評論時對他上述體驗和感受給予了更明確的理性分析和概括，他把上述一類作品稱之為：「新現實主義精神興起」。

這一發現與評論很快在報刊上引起了回響，一些人肯定了這一類小說或這一種文學現象的存在，並進而開始討論其特徵、定義與得失。大陸另一著名評論家張韌認為，這類小說「不僅與現代派與尋根小說，而且與傳統現實主義有了帶根本意義的區別，所以，與其說它是現實主義『回歸』或『後現代主義』，不如按其自身特點稱它為『新寫實小說』。」❷

這個提法不知不覺間得到大家認可，隨之就流行了起來。

討論「新寫實小說」的文章愈來愈多，對這一新的創作潮流起了名符其實的推波助瀾的作

❷ 張韌：《生存本相的勘探與失落——新寫實小說得失論》，《文藝報》，一九八九年五月二十七日。

用。南京的《鍾山》大型文學雜誌的動作更是引人注目，它率先推出「新寫實小說大聯展」，並「慎重地向《鍾山》的作者和讀者宣告：在多元化的文學格局中，一九八九年《鍾山》將著重倡導一下新寫實小說。」在構想這一計劃時《鍾山》編者徵求了各方面意見，著名作者王蒙、陸文夫、高曉聲、賈平凹、馮驥才、李國文、從維熙、鄧友梅、劉心武、劉恆、劉震雲、王安憶、諶容、林斤瀾、張潔、鐵凝、方方、陳建功、張弦、張一弓、張煒、周梅森、趙本夫、鄭義、何士光、朱蘇進、李曉、李銳、韓少功、史鐵生、王兆軍等都表示很大的興趣，願意參加這一活動。

儘管有人一直不承認有「新寫實小說」這種東西，而事實是有了這樣一番經歷，「新寫實小說」已經很成氣候，想否認也否認不了了。

二、「新寫實小說」與現實主義

「新寫實小說」具有何種特徵，它的興起在大陸當代文學的發展中具有何種意義，回答這個問題，需要先看看它與現實主義的關係。

幾乎所有的評論都提到，「新寫實小說」與現實主義在創作原則、方法和面貌上，有一定聯繫，又有很大不同，甚至是根本性區別。

了解大陸當代文學的人都知道，現實主義在大陸當代文學中擁有很高的、特殊的地位。現實主義加上前綴「革命」或「社會主義」的字樣，就成為文學創作的指導原則，因為馬克思主義的創始人之一恩格斯曾經給現實主義下過定義，說它是「除了細節的真實之外，還要真實地再現典型環境中的典型性格」❸，並據以批評過當時某些作品未反映叱咤風雲的工人鬥爭，因

❸ 恩格斯致哈克納斯的信，見《馬克思恩格斯選集》第四卷第四六一頁，人民出版社，一九七二年五月，北京。

而不典型、不真實，故而許多地方，不加前綴，「現實主義」也與「革命現實主義」或「社會主義現實主義」含有相似的意味。

現實主義的核心是典型化。所謂「典型化」，就是借助於藝術概括的方法，由現象體現本質，以個別反映一般，用個性負載共性。由於強調文藝要為一定階級政治服務，要揭示生活的本質、規律性和發展趨勢，「團結人民，教育人民，打擊敵人」（毛澤東語）。這種創作方法必不可免地要演變成「主題先行」和圖解概念。「文革」時期樣板戲的創作方法與經驗，就是它的登峰造極的表現。文革以後，雖然摒棄了「三突出」一類創作原則，許多作家以恢復現實主義傳統為己任，其作品中，舊有的一套創作方法的痕跡仍很深重。

「新寫實小說」就在這最核心的一條上「離經叛道」，猛烈衝擊了現實主義。

這種作品公然標榜要表現生活的原生態，要揭示生活的本相，呈現原色。為此，作家竭力掩蓋人為的努力，摒棄驚人的巧合和戲劇化的情節，也不再圍繞人物結構作品，或著力刻劃人物的複雜性格，而只是注重描寫狀態，表現生活過程的自然流動。作家也不提供答案和解決問題，他們要把本質「懸擱」起來，保持感情的「零度介入」，而這一切則是為了寫出一種「純態事實」。

這恰恰是以往為現實主義理論家所批判的一種「自然主義」的創作方法，是追求一種「現象的真實」，表現這種「現象的真實」，就會歪曲生活的「本質的真實」，導致犯下「政治錯誤」。

而現在，幾乎所有「新寫實小說」的作家們都異口同聲地說，他們就是要表現「現象的真實」。例如池莉說：

> 藝術真實只是理論上的，其實現象和本質是相通的，只要有現象真實便能觸及到本質，而所謂本質真實如果篡改了現象便是不真實的，所以我完全是寫實的。
>
> 過去強調的是藝術真實，現在則強調生活真實，比過去的真實更進了一步。過去總強調因果關係，其實生活中有不少不可知的東西。不反映這些現象很難說真實。❹

這些話本來也算不得什麼，但在被「革命現實主義」原則嚴密控制多年的地方，卻真是一種「解放」之聲。

正是由於這個根本點上的突破，又帶來了其他一些變化顯示出「新寫實小說」與現實主義作品確有種種不同，其中最重要的一方面就是人物塑造和人物處理。

---

❹ 均見《新寫實作家、評論家談新寫實》，丁永強整理，《小說評論》，一九九一年第三期。

文學是以寫人為主的，所以有句名言：文學即「人學」。現實主義理論要求寫人必須體現其社會本質，亦即階級本質，其個性必須體現階級的共性，認為只有如此方能反映生活的本質真實。革命的現實主義更要求「寫英雄」：要在英雄人物身上體現理想，以便發揮教育作用。貫徹這種理論帶來的結果就是：人物雷同化、拔高或醜化、虛假、不可信。

「新寫實小說」從自己的真實觀出發，既然要表現生活的原色，也一定力求表現人物的本來面目，它不去人為地拔高或醜化人物，不去簡單地概括和分類，而是盡可能讓人物按照其本來面目展示自己的生命形態和色彩。

由於「新寫實小說」注重表現普通人的生存狀態，因而主要是描寫小人物，描寫芸芸眾生。有的評論者說它是「視點下移」，說它有「凡人化」、「世俗化」、「反英雄」的傾向，所指就是這個。如《煩惱人生》中的主人公印家厚是個普通工人，《狗日的糧食》中的主人公曹杏花則是個用二百斤穀子換來的農婦，《新兵連》裡，「老肥」「元首」等都是些小兵，《一地雞毛》中的小林也只是個小公務員。這些小人物的生活很平庸、很瑣碎，很不足道，而這些作品偏偏不厭其詳地道來，就是要讓讀者體驗他們的掙扎，咀嚼他們的悲涼，拂去崇高與華美的虹彩，一窺生存的艱窘與嚴峻。

還有一點，現實主義強調寫典型，忌諱寫群體。「新寫實小說」則往往垂青於群體，著意表現群體的狀態，而不再圍繞一個主要人物的性格的形成、發展營構作品，如劉震雲的《單位》就一枝筆同時寫了某部某局某處的五個人，由此才真正寫出了「單位」的共相。

「新寫實小說」與現實主義作品另一方面不同是在思想意蘊上。現實主義理論對作品思想性有明確要求，往往主題思想鮮明、突出，也往往是單向的，和單義的。而「新寫實小說」則將本質與現象一體呈現，使思想以一種複合的、多義的、甚或寓意的形式蘊藏於有「毛茸茸」之感的生活原生形態之中。

最後，「新寫實小說」與現實主義作品的不同還具體表現於作品的故事形態和敘事形態。「新寫實小說」中有一部分作品（不是所有作品）有意淡化情節、消解故事，斬斷因果鏈，具有一種開放性結構。在敘事形態上則採取平面敘述，體現對生活的直接把握。

「新寫實小說」與現實主義作品存在如此顯著的差異，難怪有人說，它是「現實主義的不肖後代」。它與現實主義只共一個「實」字，而對「實」的追求則大相逕庭，即使是說「貌似而神不似」，對「貌似」也要大打折扣。看來，把「新寫實小說」直接歸入現實主義（尤其是帶「革命」、「社會主義」前綴的「現實主義」）家族，是不妥的。

三、「新寫實小說」與現代派文學

「新寫實小說」注重細節的真實摹寫，追求達到逼真的效果，因而與現實主義作品在外部風貌上往往大致相似。這一點，也正是它與現代派作品，特別是八十年代中期在大陸文壇一度蜂起的先鋒實驗小說（或稱「新潮小說」、「實驗小說」、「先鋒小說」等等）具有明顯區別之所在。

前面談到它與現實主義作品區別時雖然提到，它具有淡化情節、消解故事的傾向，這在某些特別凸顯「狀態」的作品中可以看得很清楚，而在另一些作品中，情節與故事則附著於人物的生存境況與生命過程，以其本來的面目出現，只是它們不再是為表現主題和刻繪性格而刻意編排，也不作為作品的基本框架而地位特別重要，也就是說，情節與故事還是有的，加上一種被人稱之為平民化的敘述態度與敘述方式，所表現的內容又與普通人的生活相接近，所以比較容易爭取讀者。

而讀者問題，正是現代派作家大傷其腦筋的問題。無論實驗多麼先鋒，多麼講究，無奈大多數讀者看不懂，看不懂便不看。沒有讀者，現代派文學就難以維持。八十年代中期大陸的現代派文學，不但文本過於艱澀，脫離讀者大眾，其內容和思想也令人生疑。正像王蒙在給《你別無選擇》做序時說的：「怎麼這麼『洋』呢？書裡的人物好像生活在雲端裡……好像吃飽了撐出病來的年輕人。」所以，不久又有人批評它為「偽現代派」。總而言之，文學的發展在這裡一下陷入了困境。

在這種情勢下，「新寫實小說」的出現完全是合乎邏輯的。聰明的作家必定要考慮如何重新接近和獲得讀者，考慮如何「俯就」讀者的閱讀心理、習慣和程度，同時又不失去自己的某種追求和原則。「新寫實」就是這種情勢下的選擇。

前面已經談到，「新寫實小說」與現實主義作品有許多實質性的區別，所以，大概不能簡單地把它的出現看成是現實主義與現代主義的此長彼消，看成是現實主義的復出和回歸。有人說，「新寫實小說」是「寫實的軀殼，先鋒的精神」，這個說法於「新寫實小說」的實際狀況庶幾近之，也比較符合這一階段文學潮流發展的實際情況。

應該看到，大陸當代文學經歷近十年風雨沖刷，舊有的種種成規已卸落不少，特別是對外的門戶打開以後，文學的觀念、意識和手段的更新，已是大勢所趨，今日馳騁在文壇上的健將，大抵都帶有新銳的氣息和先鋒的姿態，很難想像他們會回到老路上去。所以，這一階段文學的發展必然是：當「新潮」的攻勢被阻擋後，創作上的這股力量會調整自己，組織突圍。

我們從「新寫實小說」的精神血脈上就可以看到它與創作上各種新潮明顯的親緣關係。

首先，「新寫實小說」注重寫人的生存狀態，就是以當代西方哲學意識為背景的。當代西方哲學，無論是實用主義、存在主義、精神分析的人本主義、新托馬斯主義，還是新馬克思主義都把研究對象集中到人的生存狀態，人的精神價值，人的異化與選擇這一類問題上，「新寫實小說」顯然受此啟發和影響。當然，它在寫人的生存狀態時，吸收了先鋒實驗派的教訓，努力做到不脫離國情，不脫離民族傳統和民族心理，然而，畢竟這是全人類共同面對的問題，作家不僅可以由此獲得與世界文學溝通和對話的可能，而且可以找到一個擇取西方哲學思潮的「接口」，從而促使作品發生更深刻的變化。

其次，「新寫實小說」也秉承「文化尋根小說」的遺緒，在廣闊的歷史背景和文化氛圍中對人的生存境況進行觀照和思考，滲透著較為濃厚的文化批判意識，如劉恆的《伏羲伏羲》、葉兆言的《狀元境》都是很明顯的例子，這些作品實際上都擁有較豐富的寓意層次。

再次，「新寫實小說」不迴避表現「惡」與「醜」，也著意揭示人的非理性和潛意識層面，表現生活中的非理性因素，特別是生活原生態中包含的荒謬，使作品往往具有較強的現代感。

凡此種種，都說明「新寫實小說」在精神內涵上與現代派文學是血脈相通的，這一點也決定它不可能在形貌上與現實主義作品真正相似。事實上，我們發現某些「新寫實小說」甚至並未完全脫下新潮小說的某種裝扮，例如被公認為是「新寫實小說」代表作之一的方方的《風景》，敘事者竟是一個死去多年的嬰兒，使得作品帶有一種魔幻的、怪誕的意味。在其他一些作品中，表現主義、超現實主義、存在主義、意識流、「黑色幽默」等印痕也隨處可見。做為一種文學流派，「新寫實小說」當然有其較為確定的特徵，但它既然發生於這樣一個外來思潮、觀念不斷湧入而又顯然難以阻遏的時候，必然要廣泛地吸收和綜合，必然具有較大的開放性和包容性。文學總在為自身尋找一條比較適宜生存和發展的道路，現在看來，「新寫實小說」所代表的一種趨向，就是一個好的選擇。它自出現後並未須臾即逝，而一直保有蓬勃的生命力，在某種程度上，甚至代表了當前中國文學的主要潮流，就是有力的證明。

最後，還應當說明的是，文學史上的流派，有的是組社團，辦刊物，宣佈主張；有的則是經人點醒，又有人響應，同氣相求，遂成氣候。組社團，辦刊物的，難保後來又分道揚鑣；而事後認同的，又不免與先前大不相侔。「新寫實小說」就屬後者。在紛紜評說中，公認的具有代表性的作家、作品固然有一些。也有各人所舉的作家、作品，不為他人同意的，而據此立論，更令人莫衷一是。還有評論界雖喊得震天價響，而作家本人卻矢口否認，且言談之間使人喪氣的。不過，情形雖然複雜，對文學創作進行這種宏觀的觀察、概括與討論，總是必要而有意義的。在接下去的一章中，我們將重點介紹「新寫實」浪潮中獲得評論界某種程度公認的幾位作家的創作，藉以一覽其波光濤影。

貳：分論

「新寫實小說」各家及其作品

一、劉恆

劉恆是大陸「新寫實小說」潮流中湧現出來的一位重要作家。他一九五四年生於北京市，十五歲入伍，在海軍部隊當兵六年，退伍後在北京汽車製造廠當裝配工，現在是北京市作家協會的專業作家。儘管他從一九七七年即從事創作，卻一直默默無聞，直到《狗日的糧食》（一九八六）、《白渦》（一九八八）、《伏羲伏羲》（一九八八）發表，這才一舉成名。尤其是近年來，他的若干作品改編成電影：《黑的雪》改編成《本命年》、《伏羲伏羲》改編成《菊豆》，後者還獲得了國際性大獎，使得他一時星光輝耀，引人注目。

有位評論家曾這樣寫道：「在讀到一九八八年劉恆的小說創作之前，我那經常引以為自豪的資料庫裡並沒有劉恆的名字……而如今他的中篇小說《白渦》、《虛證》與《伏羲伏羲》則一下子引起了我的震驚，我幾乎難以想像，在這文學創作大蕭條的日子裡，昔日如火如荼的創作熱情在驟降，旺盛的想像力在衰退，從來都是引人注目的純文學已移向偏僻的角落，對小說創作來說，一切都變得不盡人意。劉恆卻一下子有著那麼美妙的不可思議的作品問世，這實在出乎我的意料。尤其是《伏羲伏羲》，它使我有好些天都沈浸於閱讀的快感之中，這快感甚至還包括了不安、驚訝、自責與贊嘆不已，充滿著領悟小說無處不有的隱語的興奮。」❶

劉恆畢竟在文學園地已經苦心耕耘多年，功力不淺，其作品長於對人物精神與心理的分析，具有較為豐厚的哲學與文化內涵，令人刮目相看，實非偶然。如果把劉震雲、池莉等人作品認做是「新寫實小說」的標本，那麼，劉恆的幾篇常為人提起的作品或應視為從文化尋根、現代主義到「新寫實」的一種過渡。對於蘇童來說，他是經歷了創作的轉型，而對劉恆，則就是異軍突起。他的作品雖然仍然負載著已逐漸式微的「文化尋根」以及現代主義的某種探究精神，但卻有一副天生的不容置疑的寫實的面目。評論家們理所當然地把它們歸入「新寫實小說」還有另一方面的重要理由，即是它們都是注重寫人的生存狀態的，或者說是寫生存本相的。在談及「新寫實」的認定時，評論家雷達曾經指出：「真正做為這一靈魂和主宰的，做為它的基本特徵和核心精神的，我認為應該叫做『寫生存狀態』，或是『寫生存本相』。」❷同是寫生存狀

❶ 程德培：《劉恆論——對劉恆小說創作的回顧性閱讀》，《當代作家評論》雜誌，一九八八年第五期。

❷ 雷達：《關於寫生存狀態的文學》，引自《民族靈魂的重鑄》，第八三頁，中國工人出版社，北京，一九九二年七月。

態，可以有不同的路數。劉恆就有自己的路數。從劉恆的作品中，我們可以獲得八十年代末中國文壇錯綜變幻的某種消息，證實「新寫實」和前此喧騰一時的文學潮流之間必然具有的內在傳承關係。

《狗日的糧食》是獲一九八五至一九八六年度全國短篇小說獎的作品。這篇小說所寫的是一個非常悲慘的事實。洪水峪的光棍漢楊天寬用二百斤穀子買回一個長癭袋脖子的醜女人曹杏花，他和這個女人共同維持一種很原始，也很粗陋的生存狀態：幹活、吃飯、性交、生兒育女。而吃飯的問題並不是容易解決的，性的需要的解決，帶來人口的劇增，他們一共生育了六個孩子。可憐的是六個孩子都以糧食命名，寄託著由於匱乏而引起的對糧食的渴求：「可一旦睡下來，撂一坑癟肚子，天寬和女人就剩下嘆息。」曹杏花刁蠻潑惡，不顧臉面，到處扒弄糧食，集體地裡的嫩棒子、穀穗子、梨子、李子……鄰居的南瓜、葫蘆，只要有機會，她便下手偷，若有人查究，她便惡言謾罵，恰似一頭母老虎。但即使這樣，也還是滿足不了一家大小肚子對糧食的需求。天災加人禍，使農民幾乎陷入無法生存的絕境，「生紅豆那年，隊裡食堂塌臺，地裡鬧災，人眼見了樹皮都紅，一把草也能逗下口水」。好容易熬到境況好一點了，「綠豆退學、二穀上學那年，洪水峪日子不壞。……家家一本購糧證，每人二十斤，斷了頓就到公社糧棧去買。」這本購糧證是全家人生命所繫，卻偏偏被曹杏花不慎弄丟了。曹杏花為滿足全家大小生存的最低需要可謂竭盡全力，如何能承受得住丟失購糧證的打擊？曹杏花自殺了，死前留下的最後一句話便是：「狗日的……糧食。」

作品的社會批判性其實很強，但大陸評論界一般都只注重對其揭示生存狀態的意義的闡釋，關於人的基本生存需要與道德、禮義的關係，關於食與性在物質匱乏狀態下的惡性循環等等，在在都引起人們的關注，而為什麼人的物質生活水準如此低下，以致造成人的嚴重退化，使人不能成其為人，當然要歸咎於這些不幸者所生存於其中的社會環境。

《狗日的糧食》之所以在八六年發表時受到重視並獲獎，大約還和前一段大陸文壇反思歷史、批判極左有關，這篇作品須和八八年問世的《伏羲伏羲》連起來看，才能看出劉恆從食與性這些人的基本需要勘探農民生存本相的興趣，也就從這時起，人們才改變了研究劉恆作品的角度。

《伏羲伏羲》的故事到主人公楊天青死去上溯了二十多年，橫跨了兩個時代，卻始終在一個地方，即洪水峪。猶如不少作家的作品所顯示的，許許多多的人生故事都生發自一個與作家的閱歷有特殊關係的特定地域，劉恆經常寫到的就是洪水峪。據說那是太行山北麓的一個小村，劉恆童年時代曾去住過，「他在那裡讀到了外祖父保存的一九六六年以前的《人民文學》，陪伴外祖父從後窗看藍色的山峰前面飄擺的夏雨，和雨後急速橫移的白雲。日後他拿起筆繼續外祖

父的文學夢，洪水峪的故事、外祖父楊天保以及楊氏家族的故事，便從筆端汩汩流出了。」❸

《伏羲伏羲》講的是這樣一個故事：

民國三十三年，洪水峪家道頗為殷實的農民楊金山用二十畝山地換來了年輕貌美的王菊豆做老婆，他年已五十，前妻未有生育，「朝思暮想的是造一個孩子，為造一個孩子而找一個合適的同謀」。這是一個純粹的宗法社會農民的思想，對他來說，他娶來的這個女人，只是他造孩子的工具，「是他的地，任他犁任他種」。由於他的性能力不行便遷怒於菊豆，對菊豆施行了殘暴的非人的虐待。生孩子的目的實現不了，他卻不死心，所以，這種虐待一直持續著。作品雖未正面詳盡描寫這些虐待的場面與手段，但是僅從側面描述的筆墨：菊豆淒厲的慘號、哭泣，遍體鱗傷，就可以想像那虐待是非常恐怖的。「五四」以來新文學中，似乎還未見有表現農村中兩性關係如此殘酷的片段，尤其比較前此許多表現農民生活的作品，不是虛設的階級鬥爭，就是零碎的小奸小壞，我們就會更加驚訝於作者剝露生活真實的勇氣與氣魄。

但是，故事並不止於在楊金山和菊豆之間進行，這裡有一個「第三者」，他就是楊金山的侄子楊天青。楊天青年輕力壯，生命力旺盛，對於身邊這樣一個具有性的誘惑力的年輕孀子，他有一種不可遏抑的本能欲望在升騰，作品描述發生在他身上這種生理與心理交感的過程非常

❸引自張恬：《「白渦」書後》，《白渦》，第三五三頁，長江文藝出版社，一九九二年十月，武漢。

具體和感性：

他喜歡給孀子表演，讓她看看他有多麼強壯、多麼仁義。免不了給一番誇獎，也免不了遞汗巾和水罐給他，天青就被快樂托得飄起來，覺著苦乏的日月真好，孀子真好，自己真好，連叔叔也是好的了。楊金山活該倒霉，眼看侄子一天比一天勤快，白天做活勇猛，夜裡不用招呼就爬起來餵騾子，他竟不加考究地逢人便誇：「這孩子曉得事理了，出息了！」確實曉得事理了，但是天青把玩的事理要豐厚活潑些，不像他叔叔考慮得那麼簡約。天青得到快樂，得到更多的卻是憂愁。讀書讀得生厭，他便迫切地需要行動了，身懷裡湧出雜亂的號召，卻不給一絲明確的指示，他簡直不知道該怎樣處置自己的手腳。炎熱的夏夜裡把自己赤條條地往破葦席上一摔，翻來覆去地烙餅，手指頭不免舞些鬼使神差的勾當。……

總而言之，這個年輕人已經「走火入魔」了。而菊豆，一方面出於自然的貪戀，一方面出於對楊金山的反抗與報復的欲望，也需要他，於是就發生了倫理規範阻攔不住的事。在一次楊金山外出給騾子治病的機會中，他們的慾望終於有了實現的機會。「隨後便依照通常的節奏進入了一個長達幾十年的不可思議的漫長過程。」沒有必要在這裡做出常規的道德評判，評判是兩難的。但是作者顯然有超越傳統倫理規範讚賞人性解放和勝利的傾向：

遙遠的楊天青也在叫著的，於燦爛的升騰中。似乎有更大的痛苦，嗓音也因之更為高亢。像一個暴虐地殺人或者絕望地被殺的角色，他動用了不曾動用的男人的偉力，以巨大的叫聲做了搏戰的號角。

「嬸子！嬸子……」

這是起始的不倫不類的語句。

「菊豆！我那親親的菊豆……」

中途就漸漸地入了港。

「我那親親的小母鴿子哎!!」

收束的巔峰上終於有了確切的認識和表白。

太陽在山坡上流水，金色的棒子地裡兩隻大蟒繞成了交錯的一團，又徐徐地滑進了草叢，鳴叫著，撲楞著，顛倒著，更似兩隻白色的豐滿的大鳥，以不懈的掙扎做起飛的預備，要展翅膀上雲端。

這樣富於詩的激情的性描寫在當代中國文學作品中實在是很少見的。

事情於是就有了後果，菊豆生了一個兒子，楊金山還錯以為是自己的種，給他取名楊天白。楊天青和菊豆可以在背地裡反抗倫理規範，卻不能公然向它挑戰。劉恆並未沈浸在其主人公短暫的愉悅之中，他的目的是要研究這一事件在現實生活中的悲劇性延伸。讀過劉恆作品的人都知道，他是一個悲劇意識相當濃厚的作家，他常常為他的主人公們安排死亡的結局。楊天青面對的是一個強大的宗法社會的傳統，他不是自覺的反抗，也沒有力量反抗。在這種傳統秩序中，他不能成為他的兒子的父親，而只能做他的兒子的堂兄。楊金山一開始並未發覺，直到他中風癱倒以後，菊豆和楊天青料定他已沒有制服他們的力量，才敢於不避他的耳目。楊金山試圖害死孩子和菊豆，但都未得逞。現在事情可說已有了某種緩衝，卻並無根本轉變。他們有了更多享受肉體歡樂的自由，卻不能不顧慮生養孩子的後果，於是不得不求助於種種不堪思議的帶來巨大痛苦的避孕藥物——在這方面作品所展示的中國農村的落後與愚昧真是令人目瞪口呆。性的欲望是人與生俱來的一個最基本的欲望，可是由於人的無知與無能，性幾乎就成為一種肆虐的災難。中國農民生存狀態中這一面的真實，劉恆讓我們逼近地看到了。楊金山苟延殘喘一段也就死掉了，楊天青與菊豆從此竟面對一個更令他們膽戰心驚的對頭——正在長大的楊天白。天白的身上像是附著了楊金山的陰魂，他每時每刻都監視著楊天青，也監視著菊豆，「使他們難遏舊夢」。這樣他們只好翻山越嶺跑到一個洞穴中去幽會，直到失去了藉口。已經有越來越多的事實，讓楊天白不只是懷疑，而且相信他母親與楊天青的「姦情」。即使楊天青當面向他說出自己是他的生父，他也不肯接受這個事實。對於楊天青，這真像是包含了天譴的意味，並使他的命運罩上一層宿命論的陰霾。而對楊天白來說，其邏輯也是鐵定的，不僅傳統的倫理規範使他厭惡這種關係，而且這種關係直接威脅他的生存安全，承認這種事實就會使他成為忤逆社會倫理秩序的一個異數。所以這個楊天白曾經動念要殺掉他們。

經歷了人生這麼多磨難，終於，楊天青挺不住了，當王菊豆再一次懷孕之後，他一頭扎進水缸自殺了。死時裸著身子，他的碩大的生殖器留給人很深的印象。故事的收束又回到它的本題上。這篇小說原即擬題為《本兒本兒》，「本者，人之本也。又本者，通根，意即男根也。」因其太露，改為《伏羲伏羲》（「伏羲」是傳說中人類的始祖）。作者還在篇末綴以「無關語錄三則」，以子虛烏有的中外古今學者關於男生殖器的語錄再加發揮，提出所謂「東方的性的退縮意識」等命題，提醒讀者：嚴酷的摧殘，必定導致萎縮和畸變，楊天青的悲劇在更深廣的意義上，也是一種民族命運的悲劇，這是我們掩卷之後不能不深長思之的。

劉恆寫了許多農村題材的小說，他的城市題材的小說也寫得很好，比較著名的有《白渦》、《虛證》、《黑的雪》等，難得他一樣心腸，兩副筆墨，不同人物的語言都很符合他們的身分、粗細文野，著色不一，顯示出迴旋地盤甚大的一份優勢與從容。

《白渦》是寫婚外情的，這是一個當今熱門的題材。《白渦》的特點，也是它研究的重點所在，是知識分子的人格表現，是他們如何調適自己的本能欲望與家庭、社會地位、事業等的關係，從中可以一窺他們的生存狀態。

《白渦》的主人公周兆路是中醫研究院一位正當盛年、前程看好的專家，在他平靜的生活中，突然有了一番豔遇。同研究室的一個比他年輕得多的少婦華乃倩向他發起大膽的進攻，他抗拒不了這種誘惑，迅即墜入了婚外情的漩渦。

周兆路有一個不錯的家庭，他愛自己的妻子和孩子，並且也有責任感，一開始，他也曾想過對華乃倩的進攻絕不繳械投降。但問題就出在他為本能欲望所支使，一做試探，便不能自持。「他做得很認真，就像讀一本好書。書很厚，第一頁就吸引了他，他不想翻得太快。」儘管事後，他也有後悔、自責，甚至懷有罪惡感，但他還是不能自拔。在去北戴河休養期間，由華乃倩策劃，而由他積極配合，兩人發生了性關係。

到這裡故事已經到達了高潮，而對周、華二人的婚外情來說，也同樣是到達了頂點，從此便開始走下坡路。雖然他們之間此後還有許多次私通，華對周也還有吸引力，但是周在咀嚼出一個真實的自我以及對方之後，顯然已經感到空虛和厭倦了，尤其是當他感到一種「無愛之性」

存在於他們之間的時候，周兆路為了自己不受到損害，就決定退卻。還好，華乃倩並未實行報復，他們的事也未敗露，周順利地登上了副院長的寶座。

周兆路和華乃倩之間實際上是達成了某種妥協，儘管周對華已感到厭恨，卻只能對自己的情慾屈服。而惟其是這種屈服，他就不會有完全的安全感。如果說他從此聽從自己經驗的警告，不再放縱本能的慾望，那麼他還可以維持自己的地位和形象，而若不如此，則隨時都會傾覆。有的評論說，周兆路的身上負載著封建的「士」的幽靈，這部作品就是「在新穎的背景上對古老靈魂的一次觀照和批判」❹。無可否認，對周兆路的自私、虛偽、冷漠、功名心，作者時而會忍不住流露出嘲諷和鄙視之意，的確帶有一種警世的批判的色彩，但作者的目的決不是重複提供諸如此類一個知識分子的反面典型。若是如此，他就不會在這部六萬多字的小說中以那樣多的篇幅描寫周、華之間情慾與心理的進展，把周兆路的矛盾、惶遽的心態揭露得淋漓盡致。劉恆的著眼點不是一般的道德評判，而在於從人與客觀環境的關係中探究人的本質，人的生存狀態。如果說，《伏羲伏羲》中楊天青就是無力調適與環境的關係而落入萬劫不復之地，那麼，周兆路則是一個「乖角兒」，是一個迷途知返，因順應環境而得救的例子，這正好是一個事物

❹雷達：《「白渦」的精神悲劇》，引自《民族靈魂的重鑄》，第二三四頁，中國工人出版社，北京，一九九二年七月。

的兩面。他的窘迫、尷尬、痛苦和苟且也未必不是許多人生存狀態的寫照。

這篇小說在題材和人物的處理上，很容易讓人想起張愛玲的《紅玫瑰與白玫瑰》，在感覺與心理的描寫，意像的運用上也時有頗為精彩的表現，例如寫周兆路幽會回來，他妻子「轉身給他熬咖啡去了，拖鞋啪啪地打著水泥地就像在扇他的嘴巴。」周與華告別時，「感覺也隨之麻痺，在臉上啄著的像兩瓣濕潤的橘子皮。」感覺之銳敏，比喻之新，一如張愛玲。

限於篇幅，這裡不能一一列舉劉恆的其他作品，《虛證》、《黑的雪》、《蒼河白日夢》、《兩塊心》等發表後都深獲好評，他的長篇小說《逍遙頌》在《鍾山》雜誌的「新寫實小說大聯展」中推出，乃是他正式加盟「新寫實」的一種姿態。在「新寫實」潮流中，他與劉震雲、池莉、方方等人雖不完全同調，卻自有其獨特貢獻。畢竟他不是預先認同「新寫實」的定義才投入創作的，當他適逢其會地以一種寫實的姿態從文學低谷中一馬當先衝出，並被攬入「新寫實」陣營，他的表現對象和手段就為「新寫實」帶來了新的領域和色彩。劉恆對人性的不同層面，特別是非理性層面的剖示，對性與死、殺與惡的不避諱的描寫以及追究，使得「新寫實」的交響樂大大增加了厚度和力度，這是我們不能忘記的。

二、劉震雲

在「新寫實」浪潮中，與劉恆齊名的另一位北京作家是劉震雲。

劉震雲邁入文壇時間並不長，他先前所寫的一些作品默默無聞，一九八七至一九八八年間，他的短篇小說《塔鋪》和中篇小說《新兵連》頗受好評。這個時期，正是「新寫實小說」潮頭初起之時，評論界常舉《新兵連》作為新寫實小說的代表，所以，劉震雲也就成為「新寫實」陣營中的一位先鋒。

劉震雲的作品真正具有「新寫實」特色，並堪稱代表作的，還是發表於一九八九年的《單位》，以及其後的《一地雞毛》、《官場》、《官人》、《新聞》等。這位一九五八年出生於河南延津縣的青年作家，並無複雜的人生經歷。他十五歲就服兵役，二十歲時回到家鄉當教師，同年考入著名的北京大學中文系。一九七八年是恢復高考制度的第二年，這個沒有受過完整的中等學校教育的農村青年，竟能一躍龍門，必是天資相當穎慧。

他大學畢業後就到北京《農民日報》當記者。《農民日報》是屬於農業部的一家中央級報紙，廣闊的社會見聞範圍，特別是週旋於國家機關幹部之中的生活，供給劉震雲許多創作素材與親身感受。他的作品除一部分以農村生活為背景外，大部分都是敘寫都市生活，主要是機關幹部生活的。

寫出好作品不僅要有聰慧的天資，而且要有深刻的人生體驗。劉震雲雖然年輕，作品中卻透出一種對人情世故的特別洞察，每每能道破機微，令人刮目相看。

發表於一九八九年的中篇小說《單位》，似乎有意佐證評論家們對「新寫實小說」特色的概括——「生活流」、「原生態」寫實、「零度介入」、「平民意識」等，在較全面的意義上堪稱「新寫實小說」的標本。

「單位」這個名詞，對中國大陸人民幾十年來具有非常特殊的意義。無數的人自成年後，所謂走入社會，就是走入「單位」，其衣食住行，生老病死，榮辱進退，終身之計都依附於「單位」，往往還「從一而終」。他們在「單位」的生存狀態，亦可代表其基本生存狀態。劉震雲這篇作品徑以「單位」為題，寫的是北京某部某局某處，並無確指，人物也都有姓無名，稱之為「女小彭」、「女老喬」、「小林」、「老何」、「老孫」、「老張」等，著意點就在要寫出這一群人的「共相」，就像魯迅要寫出「阿Q相」一樣，寫出一種中國的「單位相」。

《單位》以「單位」分梨、聚餐開始，雖然顯露一種「生活流」的瑣屑、枝蔓的特點，卻也張開了一個故事的網路。其主要線索是原任處長的老張調升副局長，副處長老孫圖謀補缺，他與資格較老的老何「通氣」，要聯手上下活動，事成之後，他當處長，老何當副處長。然而，上面突如其來派員來搞「民意測驗」，弄得他們措手不及，於是只得趕緊活動下面各人投他們的票。

對這次所謂「民意測驗」，老孫怪是老張出的主意，他和老張一塊來到這個「單位」工作，還一起住過集體宿舍，心中卻有芥蒂。因為老張官比他大，他還是要巴結、逢迎老張。他利用和老張一起出差的機會，主動找老張和解，信誓旦旦地表示：「老張，不管以前我做得怎樣不對，以後你說哪我做到哪，就是前邊是個坑，你老領導說句話，我就先跳進去再說！」兩人說得很熱烈，事後卻「又都覺得剛才像一場表演，內心深處的東西，一點沒有交流。」後來，老張出了「男女作風問題」，老孫立刻又換一副面孔，組織手下人大整老張的材料。

這個處雖只有幾個人，卻由於各人所處地位不同，境況不同，追逐的目標也有差別，各自心理狀態十分微妙，構成了極為錯綜複雜的人際關係。大學畢業分配到這個單位已經四年的小林，初來時未脫學生氣，且有一股傲氣，竟然開口說辦公室「陰陽失調」，閉口把共產黨稱做「貴黨」，頗有一切都不在眼下的勁頭。然而，娶妻生子之後現實生活條件的艱難，「煩惱人生」

的沉重負擔，不能不使他幡然悔悟，「錢、房子、吃飯、睡覺、撒尿拉屎，一切的一切，都要看小林在單位混得如何。」要混上去，就要入黨；而要入黨，就要「表現」好，要搶著打開水、掃地、收拾梨子皮，要巴結那些對他入黨能起關鍵作用的人。誰知巴結了老孫、老何，卻得罪了黨小組長女老喬。又因為女老喬與女小彭之間鬧矛盾，小林接近了女小彭，無意中更激怒了女老喬。女老喬接受過小林送的禮物，原已允諾助其入黨，現又轉過來竭力阻撓。原本心高氣傲的小林，如今已如此卑躬屈膝，卻還是寸步難行。縱然作品通篇洋溢一種頗具喜劇性的反諷意味，也還是流露出小人物一股悽楚與苦澀：

……小林只好嘆息一聲，沮喪地一個人下樓去。這時他傷感地想，他怎麼和這麼幾個湊到一個單位！當初畢業分配，如果分到別的部、局，就一輩子見不著這些鬼男女，就是分到了這個局，如分到別的辦公室，也見不到這些鬼男女。可偏偏就分到這個辦公室。回頭又一想，如果分別的單位別的辦公室，天下老鴉一般黑，又能好到哪裡去？邊想邊嘆息，回到家裡。

回到家裡也不輕鬆。宿舍下水道又堵塞了，合居的那一家女的在另一間裡發脾氣，他這邊屋子，女兒「噢噢」在哭，母親患了感冒，妻子坐在床邊落淚。小林想：

「娘啊，這日子啥時能熬出頭呢？」

誠然，「天下老鴉一般黑」，小林對這一點沒有看錯，作品所要揭示的並非個別的、局部的事實，而是一種普遍的、群體的狀態。這篇作品發表後，有人說，契訶夫寫過「小公務員」形象，現在又見到「小公務員」並未絕跡，而且有一個很大的陣營。實際上，這裡所刻畫的「小公務員」，與契訶夫筆下的「小公務員」有很大不同。這裡展示的乃是在大陸中共「體制」下孳生的具有「中國特色」的「小公務員」。他們之中固然也有阿諛奉承、巴結上司、唯唯諾諾、亦步亦趨者，卻也有女小彭那種文化層次低、撒潑、抗上，無人能奈何她的人。他們尤其善於「窩裡鬥」。有的評論者指出：「那些習以為常的生活小事，那些憑著本能下意識做出的反應行為，其實都為可以稱之為強大的權力關係的力量所支配。」❺作品中所寫的許多小事，都有「權力關係的力量」在作祟。這些人處在一種權力關係的網絡中，只要有權，就稱尊、弄權，自己受他人欺壓，卻又欺壓比自己更弱的人。為了獲得更大的權力，他們鬥來鬥去，無日或已，到頭來誰也不是贏家。女老喬就是一個很具典型性的例子。平時，她愛亂翻別人抽屜，結果遭

❺ 陳曉明：《「權力意識」與「反諷意味」——對劉震雲小說的一種理解》，《官人》，長江文藝出版社，一九九二年十二月。

女小彭一頓臭罵，一氣之下不上班了。因為小林接近女小彭，她又遷怒小林，竟以不讓小林入黨做為上班的條件。後來，她找老張想爭取退休前提升為副處級調研員，卻陰差陽錯，與老張親暱了一下，犯了「作風」錯誤，又成了被人家「整」的對象，只得辦了退休手續，一走了之。作品到最後，讓她在單位露面，在一出鬧劇之後，換了一種調子：

……倒是現在一見消瘦下去的女老喬，小林還為過去揭發她的材料感到內疚，於是主動上前與女老喬打招呼：

「老喬，你來了？」

女老喬看到小林，也有些吃驚；見小林來跟她說話，又有些感動。過去自己畢竟在入黨問題上卡過他。現在這年輕人不計前隙，來與自己說話，品質果然不錯（剛才老孫與女小彭見了她，除了露出吃驚，都沒與她說話），於是說：

「小林，下班了？」

小林說：「下班了，今天你有空了？」

女老喬說：「有空了。我給你說小林，我從明天起，就不在北京住了。」

小林說：「不在北京住，那你往哪裡住？」

女老喬說：「我隨我丈夫到石家莊。臨走，來這看看。我從二十二歲來到這單位，在這幹了三十二年。現在要走了，來這看看。」

小林明白了女老喬的意思，忽然有些辛酸。……

到了一個人在「單位」一生做事的終結處，回頭看看，會為自己生命在這種狀態中消蝕，毫無價值，甚至是只有負面價值感到悲哀，更何況人情又是如此冷漠，小林的辛酸幾分是惜別，幾分是「兔死狐悲」之感？安排這個場面作結尾頗有深意，如雲層透出一線悲憫之光，霎時照得這種「單位」和這種人生都令人憎厭之至。

在此之前，還沒有人這樣描寫過「單位」的真實狀態，劉震雲的目的，是要寫出這種群體生存狀態，表現它的平庸、卑瑣與內部關係的緊張。所以採用「生活流」方式，敘述盡力逼近生命本來形相，「一波未平，一波又起」，事件之間常常並無因果關係，而應合交聯，內中玄機則大可玩味。比如搞「民意測驗」，原定五月底，由於組織處長四月三十日犯了痔瘡，聯繫好醫院近期要動手術，所以提前了，老孫卻認為是老張出的主意。而到討論提拔老孫當處長時，老張替老孫說話，誰知還不如不替他說，「因老張剛犯過錯誤，各方面不應該和其他局長平起平坐，老張也自覺，在各方面做得不錯，不與大家平等。但聽他在局委會上發言的態度，似乎還是要平等，於是大家心裡不服」，結果大家偏持另一調，將老孫再「掛一段」，「觀察一段」。正反得失，竟能如此，真是「匪夷所思」。作品中此類參透「世故」的地方，令人眼界大開。有人評論說：「如果誰剛從校門跨出，踩進劉震雲筆底的單位，那麼他完全可以依照小說所提供的經驗去實踐而絕不會吃虧。」❻這也正是作品真實性方面的成功。

發表於「六四」之後的《一地雞毛》是《單位》的姊妹篇，顯示了新寫實潮流並未因政治風波而中斷。作品主人公小林也是《單位》中的主要角色，《一地雞毛》展示的是他的家庭生活。在單位和在家庭是他的生存狀態的兩個基本方面，兩者之間又密切相關。在《單位》中讀者已經看到，小林為了獲取實際生活利益，滿足基本生存需求，必須竭力搏取領導和同事的好感，不得不積極打掃衛生、打開水、收拾梨皮，做思想匯報，以爭取入黨、提昇。這個人物的扭曲很具啟示性，它說明現實生活的壓力實在太大。《單位》中還只是就住房問題稍做描述，而《一地雞毛》就以更大的篇幅剖示他在家庭生活中面對的各種難題，讓人具體地感受那種生活的瑣碎、冗煩、窘困和沈重，在這一點上，也可以說，它是池莉的《煩惱人生》的姊妹篇。只不過，池莉把主人公的人生狀態以一天的行程加以表現，而這裡則節奏放緩了一些，生活的

❻ 蔣原倫：《一個新主題的出現——評劉震雲中篇小說「單位」》，《文藝報》，一九八九年四月二十二日。

瑣屑與煩惱是隨著日子的推移而鋪敘的。

這篇作品寫道，小林的住房雖有了改善，但生活上的難題仍層出不窮。這些也都是由於地位的卑微，經濟的貧窮和物質的匱乏引起的。由於一塊豆腐變餿，他和老婆、保姆之間發生齟齬；一噸水才幾分錢，老婆竟想法子偷水，被人揭發；老婆上班遠，要調工作，到處托人情，事也未辦成。有些事雖然如願了，心理又很不平衡：老婆上下班有班車可坐，卻是沾了單位頭頭小姨子的光；孩子能上外單位的幼兒園了，卻是給人家孩子當了「陪讀」。此外，孩子病了，老家來人了，都會頓時使心頭蒙上陰影。劉震雲寫貧賤的小夫妻之間的鬥氣拌嘴亦可謂維妙維肖。偶而他也讓讀者一聞主人公的內心獨白。

有時小林想想又感到心滿意足，雖然在單位經過幾番折騰，但折騰之後就是成熟，現在不就對各種事情應付自如了？只要有耐心，能等，不急躁，不反常，別人能得到的東西，你最終也能得到。……一切不要著急，耐心就能等到共產主義。倒是使人不耐心的，是些餿豆腐之類的日常生活瑣事。過去總說，老婆孩子熱炕頭，是農民意識，但你不弄老婆孩子弄什麼？你把老婆孩子熱炕頭弄好是容易的？老婆變了樣，孩子不懂事，工作量經常持久，誰能保證炕頭天天是熱的？過去老說單位如何複雜不好弄，老婆孩子炕頭就是好弄的？

過去你有過宏偉理想，可以原諒，但那是幼稚不成熟，不懂得事物的發展規律。千里之行，始於足下，小林，一切還是從餿豆腐開始吧。

神聖的政治概念、宏偉的理想，與現實生活狀態之間差距實在太大，顯得那麼遙遠、虛幻。老百姓只能認同於現實生活的邏輯，首先求得民生問題的妥善解決。劉震雲並不一定完全贊同他的人物，但是他同情小林，在小林的這段內心獨白中，我們雖可以聽出一點夾雜作者調侃意味的「複合音調」，而基調還是小林的心安理得，甚至是理直氣壯。有人說，「新寫實小說」的特徵之一是有較強的「平民意識」，這裡也可看得出來。

然而，我們畢竟看到了一個青年的沈淪，看到了他的理想與熱情在庸俗、瑣屑、蒼白的日常生活中的「消解」，並逐漸與這種生活沆瀣一氣。小林不僅去替老同學賣鴨子掙錢，受領導追問時，公然說假話，並認為「在單位就要真真假假，真亦假來假亦真」，而且在查水表的瘤老頭來求他辦批件時，也賣起關子，收了賄賂。收賄之後，起初也覺有些不妥，而最終還是認定：「看來改變生活也不是沒有可能，只要加入其中就行了。」這是一個悲劇，劉震雲寫出了這個悲劇，在這篇作品中，他雖然敘述了大量的日常生活瑣事，卻從中研究了主人公精神上變化的歷程，引起讀者對生活的深思和質疑。作品最後寫小林做了一個夢：「夢見自己睡覺，上邊蓋著一堆雞毛，下邊鋪著許多人掉下的皮屑，柔軟舒服，度年如日，又夢見黑壓壓的人群一齊向前湧動，又變成一隊隊祈雨的螞蟻。」這個夢很具象徵性，作者用它來點題。讀者有理由這樣來解讀：所謂「偉大理想」不過是一地雞毛，而「當家作主」的人民其實只是螞蟻。

社會中有「民」也有「官」，寫小林一家的生活狀態雖未必寫盡了「民」的生活狀態，卻也可做為一種類型(type)，而「官」們的狀態如何，劉震雲又在《官人》和《官場》中有更為詳盡的呈現。

《官人》寫某局有一正七副八個局長，一直「窩裡翻」，又值新部長上任，要對他們進行調換。局長老袁活動後，得到部長允諾，讓他繼續幹下去，並讓他提議如何組建新班子。此事立即引起陣線大亂，不僅老袁原反對派，就連原同盟者都一齊攻他，而這些人因為各自有一本經，又矛盾重重，恰似一團亂麻，虧得劉震雲細細梳理，這才讓人看出些眉目。而後，部裡派調查組來，更是一場好戲。有的人是變來變去，有的人是落井下石，也還有搬起石頭砸自己腳的，均各有淋漓盡致的表演。到頭來，部裡一紙文件下達，老袁下臺，其他人也大多或調或下。局長由原調查組組長老曲擔任。新領導班子組成不久，又分成二派，開始新一輪的窩裡鬥，「雙方矛盾越來越深，甚至在群眾中也逐漸形成了兩派」。劉震雲筆下的新任局長老曲是個深諳做官之道的人，對下面兩派的爭鬥，他一方面調解，「另外一方面他也暗中同意下邊有兩派。下邊有兩派，遇事才會來找他評判，他不會被架空；兩派只顧自己相互鬥，才不會把矛頭對準他。」這種內鬥既然不但是必然產生的，而且對一些玩弄權術的人更是必需的，試想它怎麼會停止？劉震雲憑藉他對社會現狀的觀察，對這種官場中無處不有的「窩裡鬥」，顯然有別具隻眼的認識。他在某個地方曾經不無所指地說：「下級不易，領導也不易，這才叫辯證唯物主義。」❼他並不一般地對「官」做臉譜化、漫畫化的表現，「官」也有七情六慾，也是人，他們一旦被捲入某種關係，既要參與對他人的制約，也要承受他人對自己的制約，有時幾乎是不能自主地注定落入內鬥的輪迴中。劉震雲顯然並不特別關心他們個人品質如何，而是關心他們所結集形成的「狀態」。

如果說《官人》是選取了一個重要事件（局領導班子更動）來寫「狀態」，在如此紛亂的線索中刻繪出「官人」的群相，作者雖然顯示出頗有把握的功力，但也不免有些不夠深細的話，那麼，《官場》這篇小說就用追光打在昇任副專員金全禮的身上，讓讀者跟隨他來一覽官場的風雲變化，在這裡可以看到人物更加立體化，更具人情味。不但是金全禮的各種感受寫得很具體、真切，就連位居省委書記的許年華，雖然筆墨不多，從他最後與金全禮在小飯館喝酒欲言又止的神情中，人們也可以領會到他心頭那一份沈鬱和無奈。金全禮從許年華的浮沈中受到啟

❼ 見《中篇小說選刊》，一九九一年第四期，第九四頁。

發，「覺得什麼都想通了」，第二天就打道回家看老婆孩子。小說結尾處透出一股尋求解脫的清新氣息。相比之下，《官場》這篇小說在劉震雲此類作品中顯得藝術上更加嫻熟和老到。

中篇小說《新聞》是劉震雲一九九三年發表的新作。這篇作品依然保持著與「單位」等相似的「生活流」的寫作特色，以及他一貫的敘述口吻，但由於所處理的題材——新聞單位某些人應邀組團到地方上採訪，收取「好處」，實是令人厭惡的「不正之風」，這些組織策劃者、參與者的嘴臉就都不好看，作品中的諷刺色彩較濃郁，其中也涉及到了某市的官場，寫書記與市長的鬥法，一方要宣傳「芝麻變西瓜」，另一方要鼓吹「毛驢變馬」，事屬荒誕不經，此處就使用了誇張的手法。這是與作品整體風格相一致的，也說明劉震雲在創作中並不是一成不變。

劉震雲在新寫實的潮流中，無疑是一員健將。他說：「我寫的就是生活本身。我特別推崇『自然』二字。……新寫實真正體現寫實，它不要指導人們幹什麼，而是給讀者以感受。作家代表了時代的自我表達能力，作家就是要寫生活中人們說不清的東西，作家的思想反映在對生活的獨特的體驗上。」❽在劉震雲的「新寫實」作品中，人們可以獲取當代中國大陸非常實際的世情、世故，尤其是無孔不入、無所不在的中共「權力場」籠罩下的世情、世故。特別值得稱道的是這位作家對中共官場的如實呈現。在中共「文藝必須為政治服務」的戒律綑綁下的大

❽ 引自《新寫實作家、評論家談新寫實》，丁永強整理，《小說評論》，一九九一年第三期。

陸文學，對大陸社會這一部分的生活的扭曲是最為嚴重的。「共產黨員是特殊材料造成的」（斯大林語），共產黨的幹部更是一心為革命，心中只有黨、國家、理想的人，大陸文學作品中的共產黨官場絕無例外地是朝氣蓬勃的戰鬥的集體，是親密無間、和諧融洽、互相督促、共同前進的一群「無產階級的先鋒隊」。現在劉震雲卻讓我們看到另一個共產黨官場，一個同歷來的官場一樣充滿爭權奪利、爾虞我詐，充滿人情冷暖、世態炎涼的官場。讀者自然不難判斷，何者才是真正的「寫實」。劉震雲是一位有獨特風格的作家，他對生活的敏銳觀察和深刻感受，他的樸素而有韻味的語言，他的冷靜而略帶調侃的敘事風格以及他處理題材的與眾不同的方式，表現出一種值得注意的天分與潛力。這位青年作家今後還當大有作為，長篇小說《故鄉天下黃花》和中篇小說《溫故一九四二》都是他著手處理歷史題材的新的開拓，這裡就不多說了。

三、方方

大陸文壇「新寫實」浪潮初興時，北京有二劉（劉恆、劉震雲），揚子江畔的武漢則有二位青年女作家方方和池莉，風頭甚健。

這裡先來介紹方方。

方方，原名汪芳，祖籍江西。一九五五年五月出生於南京，祖父汪辟疆是一位研究古典文學的學者。她的經歷很平常，與許多年齡相仿的青年作家略有不同的是，她沒有下農村當農民，而是在碼頭裝卸隊裡幹了四年，因而，她後來的作品中就常出沒一些樸野、粗豪的搬運夫的影像，文字也染有一些他們的氣息。爾後她在著名的珞珈山上的武漢大學讀中文系，一度熱中於寫詩，卻以一篇題為《「大篷車」上》的短篇小說出了名。這篇洋溢年輕人熱情與朝氣的作品頗受一些評論家垂青，被提名為一九八二年全國優秀短篇小說獎的獲獎篇目。大學畢業後，她先是到電視臺工作，這種工作無疑能大大開拓她的社會視野，促進她對社會的觀察與思考，使其創作向更沈潛的方向轉變。現在，她是湖北省的一位專業作家，並主編一家文學雜誌。

方方創作上的轉變比較明顯。她前一段的作品大多反映青年人的生活和心靈世界，帶有青春期創作的特質：敏銳、熱情、機智、輕快，雖也有為其筆下的小人物的命運表示的憤懣和不平，意蘊終顯淺直、單薄。自一九八六年起，她陸續發表了《白夢》、《白霧》兩部中篇，雖然反響並不強烈，但已有人看出她正悄悄改換自己的創作風貌，就中特別透出一股冷峻的色調，使人驚心。到一九八七年，《風景》問世，立即好評如潮，被舉為「新寫實」小說的力作。而對方方自己的創作道路來說，《風景》具有里程碑的意義，標誌著她的一次創作上轉變的實現。

《風景》這篇小說具有一個荒誕的外殼，它借一個早夭的嬰兒之口，敘述一家人各自的人生故事，他把這些人生故事稱之為「風景」，實寓含有一種冷靜、超然的態度。這篇小說之所以被舉為「新寫實」小說的力作，正因為它以此種態度描述出一種真實的生存境況。

這一家人是一個碼頭工人帶著妻子和七男二女住在漢口河南棚子一個十三平方米的板壁屋子裡，這麼多人居住在這麼狹小的空間中，其生存環境與條件的惡劣可想而知：

小屋裡有一張大床和一張矮矮的小飯桌。裝衣物的木盆和紙盒堆在屋角。父親為兩個女兒搭了個極小的閣樓。其餘的七個兒子排一溜地睡在夜晚臨時搭的地鋪上。父親每天睡覺前點點數，知道兒女們活著就行了。然後他一頭倒下枕在母親的胳膊上呼呼地打起鼾來。

他們活著，但活得極其粗糙、簡陋，雖然在一個大都市，卻令人有一種原始、蠻荒的感覺。父親最喜歡誇耀的是他和祖父的「打碼頭」的戰史，這種誇耀中雖然充滿崇武的豪壯之氣，卻又透出野蠻、殘忍和愚昧。而母親「同父親結婚四十年而挨打次數已逾萬次可她還是活得十分得意」，她喜歡賣弄風騷，勾搭男人，「會從許多語言中挑出最俏皮最刻毒且下流得讓人發笑的話來罵人」。一家人幾乎談不上有什麼溫情脈脈的氣氛，夫妻之間、父母與子女之間、兄弟姐妹之間，經常吵架、毆鬥，貧困的生活竟能那樣磨去人的許多美好的天性，而把人降低到如此低下的層次，這便是作品所展示的一種重要的人生實情。

時光一天天過去，兒女們成長起來，各自又展開了自己的人生經歷，這一家的「風景」就有了更為繁複和變幻無窮的內容。作品或詳或略，對他們的境況與經歷都有所交待，合起來看，也就成了一個全景。這裡有大哥的故事：他輟學做工，為了騰開地方睡覺，他成年累月上夜班，並和一個鄰居已婚女人私通。二哥的故事則帶有十足淒惻的意味，它連帶著他的情人楊朗一家在「文革」中的命運和遭際，當他得悉楊朗失貞而自己也失愛之後就割腕自殺了。這個人物是這一家中最有文明氣的人，關於他救人、求學、戀愛的段落，給整個作品注入了別一種幽婉的情調。三哥是二哥的影子，二哥的悲劇啟發他對女性抱敵視的態度，他原是一名船員，當他從一起翻船事故中逃出後，不敢再上船，以後就以釘鞋為生。四哥是個啞巴，經歷平凡而無可道，過一種平和、安寧的日子。關於他可寫的最少。五哥和六哥是一對雙胞胎，自小又是一對壞種，長大後辭職幹個體戶，自然就賺了不少錢。發財後學會的第一樁事便是賭錢。五哥與紅衣女子打交道並被報復挨打的故事，寫得頗有傳奇色彩。商賈雲集的漢正街，與出賣苦力的裝卸工居住的河南棚子，與楊朗的知識分子家庭各有各的色彩與氛圍，這些也都構成了「風景」的多樣性。

作品用於七哥的筆墨最多，這是因為七哥的人生際遇，與作者的「寄興」特別有關。

七哥小時候活得不如一條狗，他經常挨罵、挨打，五歲起就去撿破爛，撿菜葉，他衣衫襤褸，常常挨餓，甚至到兒童商店搶別的孩子東西吃。在這個家庭中，除了大哥、二哥，其他人都肆意欺凌他。他在撿破爛時，認識了一個比他大兩歲的小姑娘夠夠，夠夠給了他人情的溫暖，那曾是他的童年中「微弱地閃爍幾星絢爛的光點」。但是，夠夠竟被火車碾死了。在這樣美好的憧憬也破滅之後，他的心靈的黑暗更加濃重了。

後來七哥的命運竟發生了出人意外的變化。這種變化一部分是出自於命運的莫名其妙的撥弄。例如，他在下鄉務農時經常夢遊，弄得村子裡人心不安，不能忍受，因而七六年突然被推薦上了北京大學。這真是對一個荒誕的時代的嘲諷。而命運的變化的另一部分則來自他的人生哲學，來自他的主觀意願和手段。他的大學同窗蘇北佬傳授給他的人生哲學是：「幹那些能夠改變你的命運的事情，不要選擇手段和方式」，其核心就是竭力向上爬。他大學畢業後回到武漢一所中學教書，一直渴望和尋找著機會。

這位現代的于連·索黑爾終於在戀愛和婚姻中找到了命運的突破口。他先是和一位教授的千金戀愛了兩年，而後在乘船時邂逅了一位父親是高幹的女子，立即轉而追求她。他幾乎不諱言自己看中的就是她父親的地位，也因此才不計較她不能生育的缺陷。他和她結婚，實際是做了一筆交易。七哥很快被調到省團委，社會地位的變化給他帶來了許多現實的利益，而且面臨著錦繡前程。現在他成了「人上人」，過去瞧不起他並欺淩他的，反過來巴結他了。他的兩個姐姐爭著要把兒子過繼給他，都遭到了他的拒絕。

> 七哥一出家門，大香姐姐和小香姐姐的聲音便在身後炸起。走了老遠，還能聽到她倆尖銳的叫喊。這一切使七哥恍若又回到了他過去的日子。七哥恐懼地加快了腳步。而心底裡卻一忽兒一個寒噤。七哥終於忍不住了。他扶得一棵樹，勾下頭將適才的飯菜嘔吐一盡。他想將心底的恐懼一起嘔出去。吐完，七哥望著灰濛濛的天空，想：家裡過去又在什麼時

候承認過我這個兒子的呢？

方方並不想把七哥寫成一個道德上很壞的人，早年的悲慘生活在他的心靈中有不可抹去的痕跡，而現實人生又有不可辯駁的法則。他終究是環境的產物。方方曾這樣談到七哥：「生活在一個豬狗不如的環境中，他的心態必然是異化的，生活在條件舒適的大房子裡的人有的只是空虛，而七哥有的只能是焦躁，是改變命運的強烈的願望。……生存環境迫使人這樣，別人為什麼就應該活得比七哥好呢？」❾她並不同意七哥的個人奮鬥的利己主義人生哲學，但是她對他表示理解乃至原諒，而把批評的目光投向社會環境。正是一種極其惡劣的生存環境，使七哥這類人物的生存欲望和本能要求扭曲地生長，一旦獲得轉機，便不擇手段地向社會索取他從前得不到的一切。

當然，在人與環境的關係的思考中，也不可不注意人性自身的缺陷，並力謀加以改善。方方曾經提出：一個人的墮落，是外界的一隻手和自己的一隻手同時拽下去的，是不是只有他們聯手才會有力量將人戰得一敗塗地？在其他一些作品中，方方也討論和研究過這個問題。她既剖露環境的不良，也揭發人性的弱點，作品中總透著幾分冷峻和凝重。

❾ 丁永強整理：《新寫實作家、評論家談新寫實》，《小說評論》，一九九一年第三期。

《風景》中的碼頭工人一家，照中共的階級分析法，正是所謂「苦大仇深」的真正的無產階級。在過去的中共文學作品中，這必定要被寫成一個階級覺悟很高，具有各種優秀品質，對共產黨和毛主席懷有深厚感情，為建設社會主義、保衛社會主義奮不顧身的家庭。現在，我們在方方的《風景》中看到，這類家庭的真實狀況與處境原來如此。新寫實小說對生活真相的不諱飾的呈現，使中共傳統的「革命現實主義」文學難堪地露出瞞和騙的本質，於《風景》我們再見一例。

《風景》之後，方方的一篇影響較大的作品是《祖父在父親的心中》。

這裡可以說是另一種人生「風景」。祖父和父親是兩個不同時代的知識分子。在祖父的身上，凸現著一種優良的民族精神和節操，他「書生一般地活著，勇士一般地死去」，他面對日本侵略軍毫無懼色，開言即道：「侵華戰爭是非正義的戰爭！」聽上去未免迂腐乃至可笑。然而這正是他的本色，是一個愛國的舊式知識分子的本色，令人可敬之至。而父親也曾經「是祖父的健壯活潑充滿幽默感和自信的兒子」，然而，曾幾何時，他變得「愈加謹小慎微愈加緊張疑慮愈加戰戰兢兢」，總覺得「有一枝在弦之箭永遠永遠地架在『他的』正前方，自己這個『的』隨時都會遭到那飛來一擊而致死」。女兒給他的信上將「毛主席在延安文藝座談會上的講話」誤寫成「毛主席在延安文娛座談會上的講話」，他為之惶恐不安，諄諄告誡「這一類的字是萬萬錯不得的」。「文革」中他非常「努力」地寫交待和檢查，甚至要母親幫他「想點罪狀」。他提心吊膽地等待揪鬥他的那一天到來，竟「未雨綢繆」地先剃好頭，還一遍又一遍地練習「坐飛機」⑩。造反派來抄家時，他陪著小心，「默默地配合或低低地答一聲『是』」。這種人格的萎縮，與祖父的高風亮節形成了極明顯的反差。父親因為這種反差而感到痛苦。他死在電影院的樓梯口：

父親吃力地撩開電影院裡紫紅色的門帘，屋外炫目的白光「嘩」地湧向父親眼前，使父親突然一陣暈眩。他的背後又響起了淒厲的聲響，父親感到鮮血一直噴到他的身上。他覺得自己也被殺掉了。父親搖晃了起來，他劇烈地搖晃著走向樓梯口。在他剛伸出腳踏下一級階梯時，他的雙腿一軟。父親從樓上一直滾了下去。轟隆隆的聲音撼天震地。……

這不是一個人的悲劇，而是一個時代的悲劇。「祖父在父親的心中」，其意義並不只是說父親因心中有祖父的人格形象而倍感自愧和痛苦，也意味著「把『祖父』和『父親』做為一個有

⑩「坐飛機」是一種姿勢，大陸文革中批鬥一個人時，即強迫被批鬥者將頭低下（或用手按下），兩手向後反剪並高高揚起，形似一架飛機，故名。

機統一的生命整體，通過共時性存在的方式，從歷史的角度，在一個相當大的時空跨度上展現了中國知識分子一部心靈變遷的歷史。」⓫方方曾在作品中發人深思地提問：「倘有人來搜查祖父的家，祖父會怎樣呢？」祖父是父親的昨天，而父親則是祖父的今天，「祖父在父親的位置上也難說不會如父親般寫出一摞一摞的交待材料」。這無異於說，中共的專制統治所造成的社會恐怖，才是造成大陸知識分子人格扭曲的真正原因。她引《天問》這句話——「何闔而晦，何開而明？角宿未旦，曜靈安藏？」做小說的「題記」，是很有深意的。這篇小說以第一人稱敘述，很像是方方自己的真實家史，在「新寫實小說」中亦可謂別具一格。

摹寫知識分子現實生活的中篇小說《行雲流水》具有更為逼近原色的寫實的外貌，它所寫的實際上也是一種煩惱人生，只不過它在其中表現了道德和精神價值的錯位與失落的問題，流露出方方對此的惶惑與焦慮，更具有一種思想的深度。

副教授高人雲出門理髮，卻因為沒有足夠的錢付費而受髮廊小姐的奚落，又犯了胃出血的老毛病。住了十天醫院，他就趕回家中。他和妻子工作很辛苦，收入卻相當菲薄，一家人過著清苦的日子。所幸高人雲的妻子和兒女對他都很體貼，生活中真是相濡以沫。而愈是在這種親情關係中，他愈感到生活壓力的沈重，感到自己所信守的道德原則難以維護。他很負責任，對

⓫於可訓：《論方方近作的藝術》，《文學評論》，一九九一年第三期。

學生要求嚴格，這原是天經地義的事，但面對考試作弊的學生卻不得不一再高抬貴手，放人一馬。在現實人生中，他已不可能有一種原則的純潔性，正如他女兒所說，他「已是塊有瑕的玉」了，故而，為了學生羅林給他修收錄機竟又送了分數。而這一切並非出自他的本意，他為此感到有難言的苦楚和憂傷。「他想他是不是和這個時代生活的那個齒輪錯了位，以至無論他用怎樣平靜的心情來對待生活而生活卻總是不留情地來打破這種平靜。」主人公道德原則所面臨的挑戰，以及精神世界的危機在這裡有較明晰的揭示。小說採用了大量「生活流」的手法，對主人公的生活做「廣角」的展示，應該說是一篇相當成熟的「新寫實」作品。

方方小說的語言機智、幽默、俏皮，常常帶有反諷的意味，這在青年女性作品中是較少有的。她的「三白」系列（即《白霧》、《白夢》、《白駒》）對各種世態進行調侃、嘲弄，頗有王朔之風。在這些作品中，她把世態的不合理性和荒謬性集中、強調地揭示給人看，似乎誇大、變形，其實也是寫實，是為化解人生的沈重的一種宣洩。它們在方方的創作中也屬於比較重要的一類。

四、池莉

以寫作《煩惱人生》而著名的池莉，也是一位來自武漢的青年女作家。她一九五七年出生，「文革」中也曾下鄉務農，當過小學教師，讀完衛生專科學校後，在一所職工醫院當過醫士。現在是中國作家協會會員、武漢市作家協會副主席。

《煩惱人生》是一九八七年發表的。此前她的作品如《月兒好》、《少婦的海灘》、《長夜》等，或寫愛的不幸與苦痛，或寫愛的隔膜與夢幻，或寫愛的失落與悔疚，在清麗的景致與哀婉的情韻交融的境界中展開故事，有一種纖麗婉約之感。由於生活上的變故和身體的原因，她的寫作中斷了一段時間。她將《煩惱人生》視為她「歷經艱辛闖過生活的險灘」，又「從大病中死而復生」的「脫胎換骨」之作。的確，她以《煩惱人生》為代表的現今創作和以前作品相比，真正是「脫胎換骨」了。

《煩惱人生》發表在《上海文學》雜誌上，隨後為《小說選刊》、《小說月報》、《中篇小說選刊》等轉載，一時影響頗大，被評論界舉為「新寫實小說」的代表作。這篇小說寫法上比較特別，即是以數萬字的篇幅記述一個普通工人一天的極平常、瑣屑的生活。它不是渲染，而是如實地鋪敘，卻也真正渲染了這個普通人無法擺脫的生存煩惱，因而引起許多讀者的認同，有的工人聲稱自己就是主人公印家厚，作品寫的就是自己。池莉對普通人的窘困生活有非常深切的體驗和感受，她的描寫十分細膩、真實。小說一開篇就是如此一幅情景：

早晨是從半夜開始的。

昏濛濛的半夜裡「咕咚」一聲驚天動地，緊接著是一聲恐怖的嚎叫。印家厚一個驚悸，醒了，全身繃得硬直，一時間竟以為是在惡夢裡。待他反應過來，知道是兒子掉到了地上時，他老婆已經赤著腳竄下了床，顫顫地喚著兒子。母子倆在窄狹擁塞的空間撞翻了幾件傢什，趺趺撞撞撲成一團。

接下來便是起床，在公用的地方排隊入廁，洗漱，擠公共汽車，送兒子上幼兒園，上班被記遲到一分半鐘，評獎金出乎意料只評了三等獎，吃午飯吃出了青蟲，兒子在幼兒園挨罰，自己被人在廠長面前告了黑狀，又讓工會拉了差，引出一大堆麻煩事，發下的五塊錢獎金都派了捐，給父親和岳父買好酒祝賀生日卻拿不出錢，回到家又聽說要拆房的事，而自己竟忘了找廠分房小組組長，為此大受老婆埋怨。倒霉的事一來就是一串，如此狹小的居住空間，還有外地的親戚要來住。……這些都非常瑣屑、具體，卻是他一天生活實實在在的內容，真是「不如意事常八九」，他的心情可謂是有無窮的煩惱。當然，這一切煩惱的主要起因還是社會和個人的貧困，這種貧困狀況，不但不能使他得到許多人生的享受和樂趣，而且使得生活變得非常緊張、粗礪和痛苦。然而，這樣的現實卻是主人公所無力改變的，所以通篇籠罩著一種沈重感和無奈感。

池莉的目的是用這種方法寫出一種生存狀態，印家厚一個人可以代表這個社會的一般人，他的一天也可以代表一般人的一生。但如果紀錄這些生活中不如意事可以達到目的的話，那麼列一個「社會調查表」也就可以了。這篇小說則不然，它的好處是要讓人具體地去感受這種生存狀態，從人性的角度來觀照和表現，喚起人們的同情和共鳴。在作品中，讀者可以看到，印家厚是帶著自己的七情六慾度著「煩惱人生」的，他同時要扮演好父親、丈夫、工人、朋友等各種社會角色，身心都感到異常緊張和疲憊。他也有早年美妙的夢想、愛情的祕密，甚至現在也還有溫馨的情誼，也會突然升騰起慾望和野心，然而，這一切都被漫漫的灰色現實淹沒了。一天累下來，到了睡覺的時候，作品中有這樣一段描寫：

老婆攤平身子，發出細碎的鼾聲。

印家厚拿眼睛斜瞟著老婆的臉。這臉竟然有了變化，變得潔白，光滑，嬌美，變成了雅麗的，又變成了曉芬的。他的胸膛呼地一熱，他想，一個男人就不能有點兒野心麼？這麼一點破心中頓時湧出一團邪火，血液像野馬一樣奔騰起來。他暗暗想著雅麗和曉芬，粗魯地拍了拍老婆的臉。老婆勉強睜開眼皮覷了他一下，訥訥說：「睏死了。」

他火氣旺盛地低聲吼道：「明天你他媽的表弟就睡在這房裡了！」他「嚓」地又點了一隻煙，把火柴盒啪地扔到地上。

老婆抹走了他唇上的香煙。異常順從地說：「好吧，我不睡了，反正也睡不了多久了。」

她連連打呵欠，扭動四肢，神情漠然地去解衣扣。

印家厚突然按住了老婆的手，凝視著她皮膚粗糙的臉說：

「算了。睡吧。」

這一主動喚起的本能慾求由突然升騰到隨即抑制的過程，幾乎具有一種隱喻的意義。事實上，我們在整個作品中都能體會到人的生存的正常的，甚至是合理的需求，遭到現實環境壓抑、遏制的挫敗感、沮喪感。作品中有若干處都提到了夢，起床前印家厚做了關於家庭的夢，輪渡上「一個短短的覺他居然做了許多夢」，他甚至還別出心裁地把生活注釋為一個字：「夢」。正像作品最後所寫的，他的夢不是什麼美好的理想，而是要安慰自己：「你現在所經歷的一切都是夢，你在做一個很長的夢，醒來之後其實一切都不是這樣的。」這只是一種消極地化解現實的沈重與苦難的方式。印家厚並非沒有思考過人生和自我，也並非完全喪失自信，但是這一切幾乎無濟於事，現實環境與生活日常流程的力量太強大了，他不得不妥協與屈服。在本質上他是無助的。「他幾乎從來沒有想是否該為少年的夢感嘆。他只是十分明智地知道自己是個普通的男人，靠勞動拿薪水生活。哪有功夫去想入非非呢？」「哀莫大於心死」，這才是這種人生存狀態的根本特徵。

池莉對這種生存狀態下的人抱著同情的態度，但她是溫和的、中庸的，所以，她的人物也大抵是以克制和自我調整來依從環境，直白言之，就是得過且過。

《煩惱人生》之後，池莉又寫了《不談愛情》和《太陽出世》兩部中篇小說，有人稱之為「三部曲」。因為《不談愛情》是寫一對青年男女由戀愛到結婚後不久的生活，《太陽出世》則是主要寫一對新婚夫婦的孩子出世經過，而《煩惱人生》中印家厚已帶孩子上班，是最尋常的過日子了。所以，次序應是：《不談愛情》—《太陽出世》—《煩惱人生》。

《不談愛情》就和諶容的《懶得離婚》之類的題目一樣，直白地表達了作者的觀點和心情。

愛情誠然很美好，而灰色的、平庸的，建立在各種實利之上的人生卻會使之化為烏有。池莉懷著對生活的沈重感受，再度將她眼中的現實人生以逼近原色的真實性推向讀者。

在《煩惱人生》中，沒有中心事件，紛至沓來的事項之間亦無必然的因果聯繫，有的是一種典型的生活流式的結構，而《不談愛情》就不同，它有一個比較傳統的故事結構。

故事就是從年輕的胸外科醫生莊建非和他的新婚不久的妻子吉玲一場吵架開始的。莊建非喜歡看球賽，常常忽略了妻子，使妻子覺得沒有把她當回事。加上莊建非出自一個高級知識分子家庭，吉玲的家庭則是典型的漢口小市民人家，門不當，戶不對，吉家原就受到莊家的輕視。所以這一場看上去是區區小事引起的吵架，實際上種因甚深，因而也就觸發起了更大的矛盾。吉玲一氣之下回了娘家。莊建非去接她，岳母讓他碰了釘子。事情很湊巧，醫院有了到美國觀摩心臟移植手術的名額，競爭者甚多，家庭是否穩定，即「後院」是否失火，是能否被選中赴美的重要條件。正像莊建非的女友梅瑩所說的，去美國觀摩、學習是他胸外科醫生生涯中一個高高的臺階，一定要不惜代價攀登上去。而吉玲正在妊娠中，她「決定抓住這個機會讓莊建非及他父母認識認識她」，便在工會主席章大姐的陪同下來到莊建非所在的單位提出離婚。這一手非同小可，終於迫使莊家登門求和，吉家因而有了面子，一場婚姻危機終於解決了。

這個婚姻故事和現今大陸社會的人情、世態揉合在一起，所以也能反映出一種普通人的生活境況。婚姻本來應以愛情為基礎，面對這種現實人生，只能不談愛情，無奈地屈服。作品中點明了這種思想：「婚姻不是個人的，是大家的。你不可能獨立自主，不可以粗心大意。你不滲透別人別人也要滲透你。」這是一種社會文化。這種所謂「智者」的思想就反映了這文化。只有認同這文化，這個社會的成員才能安然生活。作品強調了一種無奈感，同時又表露出對於順從和適應的理解。

這篇小說給人最深印象的倒還不是這些思想，而是對反差甚大的兩個家庭——莊家和吉家的家庭氛圍的描畫，特別是花樓街的老住戶吉家，吉玲的穿著油膩衣服的母親，使人如聞其聲，如見其人，顯示出作者寫實手法的嫻熟。

「三部曲」中最後一部《太陽出世》有著較為樂觀、明朗的色調。小說不厭其煩地描寫了一個年輕女子以妊娠到分娩的全部過程，以及孩子出世後的種種情態。男主人公趙勝天原先粗俗無禮，迎親時就在大街上與人大打出手，伴隨著一個新生命的誕生，他的精神得到了昇華，懂得以更多的愛心去對待他人，特別是老人。做了母親的李小蘭也發生了很大的改變。在「新寫實」小說中，以生活流的方式表現生活的原生形態的甚多，但以這種方式融入生命的進程則為僅見，雖然寫來相當繁瑣，極易像「流水帳」，而作者能調動人物的體驗與感受，時以俏皮、調侃的語言出之，讀之有濃郁的情味。「新寫實小說」一般給人以低調、冷色、較沈重、壓抑之感，而這篇作品則不然，僅就題目而言，《太陽出世》和《一地雞毛》相比，就是兩個不同境界。總體上說，池莉雖然也以人生的煩惱、窘困和無奈為主題，卻也很注重在展示生活本相時，讓生活自身顯示生存的價值和意義，表現出一種對現實人生的執著和親和的傾向。《太陽出世》的積極態度正是這種傾向的合乎邏輯的發展。

與之有相近的意蘊的短篇小說《熱也好冷也好活著就好》，僅就題目而言，頗有苟且偷生的意味，實際上應當理解作，無論是熱，無論是冷，活著才能體驗到人生的滋味。作品通過武漢（中國著名的三大「火爐」之一）酷暑時節一般市民的日常生活場景描寫，將讀者帶入一個五光十色的生活的感性世界。雖然連體溫表都熱「爆」了的天氣，的確並非適宜的生活環境，男男女女在大街上攤成「大」字睡覺，也非文雅的生活方式，漫無邊際的閒聊、粗俚的笑罵，更無高深的學問和思想，但是這些平民百姓顯然活得很有滋味，並且情態萬千，尤為難得的是，對他們所居住的這一塊地方還充滿自豪感！池莉當然不是替武漢做宣傳，她選擇這個題材，就是著意觀照在一種惡劣的生存環境下普通人的精神狀態，借助一種感性形式肯定人們對於生存意義的感知和把握。

這裡應該一提的是，池莉和方方這一類表現武漢平民生活的小說，被大陸一些評論家冠以「漢味小說」之稱。所謂「漢味」，決不只是指作品中有武漢人慣用的俚言俗語，以及武漢的街道、地名，乃至風俗習慣，更有武漢人特有的某些人文品性與心理特徵。武漢是漢口、武昌、漢陽三鎮之統稱，它地處中原腹部，以漢川、孝感、黃陂等鄉村社區做為其背景依憑。歷次的城市沿革又大量流入這些地方鄉村人群成為其老式的居民，從而形成以市民為主體的武漢文化群落。比較而言，武漢文化不具備北方、西安等歷代皇家古都那種古雅、悠閒的文化氣質，也缺乏上海、廣州這類近海城市做為現代商埠或工業大都市的開闊、快速、新奇、時髦的文化個性。商賈市民雜陳，夏季酷熱與冬天奇冷的氣候，與農業地區過於緊密的親緣性，小商小販的流通方式及手工業作坊的生產特點，造成這個地方一些人世俗、貪利、好爭鬧又常自得其樂的生命形態。[12]池莉的作品中常常出現此類神情逼肖的武漢人的形象，因而也自然被感覺出有濃郁的「漢味」。池莉似乎頗為刻意於此，其用心當然不是一般地使作品帶有地方色彩，而是因為此類武漢人的那種粗俗、瑣碎的生命形態對於她研究和展示普通人的生存本相，探討生存的價值和意義的目的是非常適合的。

池莉對於「新寫實」並無什麼特別的見解與主張，她經常強調的是寫實，自稱「不篡改現實」，所做的「是拼板工作，而不是剪輯，不動剪刀，不添油加醋」。她摒棄過去那種不許寫現

[12] 參見李俊國：《都市煩惱人生的原生態寫實》，《江漢論壇》，一九九二年第九期。

象的理論，而認為「只要有現象真實便能觸及到本質」⓭，因而大量汲取現象，表現生活的原色，而這正是「新寫實」與以往流行的現實主義創作重要區別之所在。池莉以這樣的寫實作風表現普通人的生活，表現他們的煩惱與慰藉。不故作姿態，不故弄玄虛，平實、善良而溫婉，這也許正是她的作品受到不少讀者歡迎的原因。

⓭丁永強整理：《新寫實作家、評論家談新寫實》，《小說評論》，一九九一年第三期。

五、蘇童

蘇童，一九六三年生，按祖籍是江蘇揚州人，父輩始遷入蘇州。八十年代初期，蘇童考入北京師範大學中文系，喜愛《傷心咖啡館之歌》和《麥田捕手》等外國文學作品，以及以龐德為代表的意象派詩歌。大學時代已開始文學創作，不過那時特別鍾情於詩歌，有些詩獲得好評，甚至被選入新潮詩歌選集中，成為校園裡新生代詩歌的經典性作品。大學畢業後到南京《鍾山》大型文學期刊當編輯，創作興趣由詩歌轉向了小說。早幾年的作品，多以回憶童年與少年生活為題材，此類創作的背景多為城市，而故事展開的場所則為鄉村，是作者魂牽夢縈的那個叫做「楓楊樹」的地方。昨日的頑童，城鄉的對照，還有對童年、少年生活不可再得的淡淡悵惘，都寫得清純可喜。這類作品的代表作是一九八八年發表的《桑園留戀》，「桑園」裡既散發著青春、愛情與性的氣息，同時也暗示著作者的一種精神歸宿。那種故事化歷史與歷史化故事的敘述風格潛隱著蘇童即將開始的藝術追求。果然，一九八九年底，他以中篇力作《妻妾成群》給當年沈寂的文壇畫上了一個漂亮的句號。到一九九一年初的一年時間裡，蘇童又相繼推出了中篇新作《婦女生活》與《紅粉》，構成了他有意為之的「婦女生活系列」小說。《妻妾成群》的問世使蘇童於一夜之間名聲大噪，那種別致的題材，古老而又新鮮的敘述方式，以及書卷氣濃郁的典雅語調，一時間傾倒文壇，風靡讀者，該小說曾獲《小說月報》第四屆百花獎，又經著名導演張藝謀執導搬上銀幕（片名為《大紅燈籠高高掛》）並獲國際大獎後，更是大紅大紫。隨後，他又發表了兩部長篇小說《米》和《我的帝王生涯》，創作題材遂由婦女系列轉向歷史生活。一個不滿三十歲的青年作家，對他從未經歷過而且也不可能體驗的歷史生活具有如此濃郁的興趣，敘述得又如此津津有味，有板有眼，這本身就是一個令人驚奇的文學現象。再加上他出色的才華，他的自覺的文體實驗，他小說中令人著迷的南方情調，蘇童遂成為九十年代初期評論界與創作界最為熱門的話題之一。

《鍾山》是大陸新寫實主義文學潮流的一座重鎮，從一九八九年起，這家刊物連續編發了十幾期「新寫實小說大聯展」，集束式推出了一些新寫實主義的重頭作品，而且有意識地組織評論界對「新寫實」潮流進行理論探討。蘇童作為這家刊物的文學編輯，在為「新寫實」小說推波助瀾方面，無疑是有所貢獻的。他自己的長篇小說《米》在《鍾山》一九九一年第三期發表時就是「新寫實小說大聯展」的帶頭篇。不過，蘇童是一位個人風格意識很強烈的小說作家，他一方面以自己的創作為「新寫實」潮流推波助瀾，另一方面，他一開始實現自己創作的轉型時，就在自覺地尋找自我，確定自我，使自己與「新寫實」潮流中其他中堅人物如劉恆、劉震雲、方方、池莉等區別開來。

《妻妾成群》敘述的是江南富商陳佐仟同他的四個太太的故事。大太太毓如自知年老色衰，無法阻止男人娶妾，只好終日念佛頌經。但她念佛卻不行善，女人天生的妒嫉心使她時時窺測時機，對奪去丈夫寵愛的競爭對手施展主婦的淫威，以發洩內心的憤恨與妒火。二太太卓雲面慈心惡，嘴裡說好話，腳下使絆子，為了邀得主子的獨寵，她對陳佐仟像一隻狗那樣屈從討好，對處於自己同樣地位的女性則像蛇一樣陰毒。三太太梅珊是戲子出身，個性倔強，敢說敢做，但她最後慘死在卓雲手裡。卓雲把她和幽會的情人堵在房裡，事發後被陳家私刑處置，沈沒於後花園中那口陰森森的，已經吞噬過上一代兩個女性的廢井中。小說主要人物是四太太頌蓮。這個因家道突變而被嫁到大戶人家做妾的女大學生，倒沒有一般經歷相似的小姐們那樣淒淒惶惶，哀哀怨怨，她果敢而堅毅地迎接了自己看起來是無法迴避的命運。這種要強的個性使她一進入陳家，就身不由己地捲入了女人群落的生存角鬥。這部小說的敘事中心就是女人之間的勾心鬥角，以及女人在舊式婚姻制度中所作的種種絕望的掙扎。紅顏薄命，是中國傳統小說一個綿亙不絕的主題，但過去的小說大多是以男人同女人的對立衝突來表現女性命運的飄零與悲涼，男人負心薄倖，女人純情哀婉。蘇童在《妻妾成群》中似乎意欲消解這種傳統的衝突形式，而以女人同女人的對立來結構小說。在江南古城這個美麗而腐朽、濃豔而陰森的角落裡，女人們都在一種被壓抑、被控制、被奴役、被改造的狀態下施展那些天生而又有限的手腕與伎倆。她們的爭鬥方式並不一致，卻幾乎無不首先將鋒芒與陰謀施展到自己姐妹身上，而對男人基本上採取一種妥協、遷就、取媚的依附方式。這種為了生存的競爭對抗是盲目的、危險的，因而也注定是沒有真正出路的。所以，儘管頌蓮年輕姣好，也不乏聰明狠辣，最終除了送掉一個更弱者雁兒的小命，自己也在梅珊處死的強烈刺激下精神失常，不是在紫藤架下枯坐，便是繞著廢井轉圓圈。《妻妾成群》的結尾頗含深意，陳老爺在三太太死和四太太瘋後，又娶進了一個五太太文竹。文竹當然是更為年輕的，但是，在這種男子中心的舊式婚姻制度下，在女人們為了自己那點可憐的做奴隸的權利而互相肉搏的惡劣環境中，文竹的命運無疑只能是梅珊與頌蓮的輪迴。

在「婦女生活系列」的另外幾部小說中，蘇童也不同程度地表現了這種輪迴主題。如《婦女生活》寫了三代三個女人，即：嫻、芝與簫的故事，時間跨度從三十年代直到一九八二年。這三代女人雖處於不同時代，有著不同的生存方式，但當生活走到末路時，她們的悲劇命運卻有著驚人的相似。正如芝所說，「我的母親把我生下來，就是讓我承擔她的悲劇命運。」蘇童讓文竹當上了陳家的五太太，也就是暗示梅珊與頌蓮的悲劇在女人的命運中沒有盡頭。小說結尾看似輕輕一筆帶過，實則力透紙背，發人深省。

長篇小說《米》寫一個逃亡農民在城市的發跡與幻滅。五龍是個有著堅韌地忍受與頑強地求生存的生命力量的農民，為了逃荒，他在運煤貨車上忍飢挨餓顛簸了幾天，從楓楊樹來到了這個江南古城。因為飢餓，他彳亍街頭，在瓦匠街的大鴻記米店門口徘徊不去。米店馮老闆看中了他那一身蠻狠的肌肉，讓他在店裡當上了出苦力的伙計。五龍是帶著淳樸的農民天性進入這座到處充滿著污穢和罪惡的城市的，當上米店的伙計，看起來有了謀生的飯碗，可是他內心裡時時有一種強烈的恐懼感、壓迫感、和受辱感。街頭的屍體，阿保的欺淩，六爺的暴虐，織雲的放蕩挑逗，綺雲的侮辱，馮老闆的殘忍，使五龍不斷積聚著對城市的沮喪、嫉妒、憤懣和仇恨。但他又抵抗不住城市的財物、權勢與性的誘惑，他的靈魂在對抗與疏離著城市，而他的肉體卻在向腐朽、瘋狂的城市生活靠攏和接近。機遇終於來了，馮老闆的大小姐織雲被地方惡霸六爺拋棄而又懷上了身孕。為了遮醜，馮老闆讓五龍頂替做了女婿。馮老闆又處心積慮要害死五龍，卻反而送掉了自己的命。此後，五龍便接管了米店，有了財富和權勢，他的各種被壓抑的天性、本能、慾望與仇恨便紛紛湧出。他開始對這座擠壓他受罪、誘惑他墮落的城市進行強橫的報復。他一邊毫無節制地享受著城市的罪惡，一邊以清醒的目光審視復仇的對象，採用各種各樣復仇的方法，幾乎把這個城市鬧得地覆天翻。阿保的被殺、呂公館彈藥庫的被炸、米店姐妹被迫易嫁、六爺被驅逐出碼頭等等，都是這位農民報復者的「傑作」。當然，報復也帶來了報應；五龍生了一個如他一樣狠毒，害死親妹妹的兒子米生；阿保的兒子抱玉當上日本人的翻譯後，伺機陷害他，把他折磨得死去活來；而最後他帶著梅毒「死在自己回鄉火車的米堆上」，更是一種報應。五龍的報復既在毀滅著別人，也在毀滅著自己，仇恨、報復、報應，構成了一種可怖的循環。

五龍的毀滅是必然的，其原因不僅在於他的報復是與城市罪惡勢力的嚴重對抗，更主要的是在於他在報復行為中所顯現出的道德上的與人性因素上的低劣。其報復往往帶有一種獸性發洩的性質，譬如，他為了報復在自己貧困時「米」對自己的壓迫，不管是與姘婦、妓女性交，還是與自己的妻子同房，完事後他都會抓起一把米粒灌進她們的子宮，甚至有時還叫妓女再把米從子宮裡挖出來吃下去。五龍的報復固然帶有以惡抗惡的性質，有時卻是盲目的，惡作劇的，純粹是為了一種低級的復仇快感。他在初次踏上這座城市時，在碼頭上受到侮辱，為了不挨餓，被阿保強迫叫了碼頭兄弟會的人一聲「爹」。幾年後，他獨霸了碼頭，又以兩塊銀元引誘年輕的搬運工叫他一聲「爹」。他用杠棒狠狠地毒打這個年輕人，直到在年輕人的眼中看到了仇恨才感到滿意。他說：「現在我從你的眼睛裡看到了仇恨，這就對了，我從前比你還賤，我靠什麼才有今天？靠的就是仇恨。這是我們做人的最好的資本，你可以真的忘記了爹娘，但你不要忘記仇恨。」所以，當他受到抱玉為了復仇而對他施行的殘酷毒刑時，他反而「用一種奇特的慈愛的目光」望著抱玉，覺得抱玉更像年輕時候的自己。但是，五龍的潰滅畢竟是值得同情的。這個楓楊樹的逃亡農民，對自己生長的土地始終懷有牢固的戀根情結。每當報復的野性宣洩完後，他獲得了復仇的快感，同時又有一種失落，一種更深沈的痛苦糾纏著他，他的意識深處時時閃現著自己的楓楊樹。他知道自己雖然征服了這座罪惡的城市，但自己本質上並不屬於這座城市。「我是這米店的假人，我的真人還在楓楊樹的大水裡泡著。」所以，儘管他佔有了一爿米店的產業，佔有了米店的姐妹，佔有了子孫滿堂的家，佔有了一個大碼頭，他仍像一個飄忽不定的遊魂，找不到自己心靈的寓所。當初從楓楊樹逃荒出來時，他「不知道火車將把我帶到什麼地方去」，對未來的命運一片茫然，現在，當他意識到自己生命的油燈即將熄滅時，他明白自己的恨在何方，他帶著滿滿一車上等的白米朝著楓楊樹駛去。他知道，在那夢魂牽繞的地方，有了米，他就會像一個真正的人那樣活著。可惜的是，在城市的罪惡與腐朽中，五龍已經浸泡得太久，他的血液裡已經佈滿了淋漓的梅毒。他的歸根可以拯救自己的靈魂，卻無法拯救自己的肉體生命，五龍還是失敗了。可以說，這部長篇小說一半是歷史，一半是寓言。「米」是作品中反覆使用的意象，是小說結構的基礎，它象徵著貧困與飢餓對於人性的壓迫。貧困不僅蘊涵著苦難、掙扎和反抗，也可能滋生各種罪惡。貧困與富裕在一個不公正的社會中本是對立而又相依的兩極，它們的心理動力、追求慾望乃至轉化手段可能驚人地相似。五龍從貧困到富裕的生命悲劇及其與米之間絲絲縷縷的關係，除了展現了人性的複雜與深邃，留給讀者的就是這樣一個歷史的啟示。

在一次接受記者採訪的談話中，蘇童如是說：「在寫作中要控制生活，應該是作家拉著生活跑，而不能讓生活拉著作家跑，生活應是作家心靈中的生活。」蘇童很重視作家的想像力對生活進行重構的重要性，藝術作品中表現的生活應該是作家心靈中流淌出來的，而不必是作家眼中所見的實事。如此，對那些具有創造性的想像力的作家而言，個人經驗與生活閱歷不必具有決定性意義。確實，對於年方三十而且大部分時間是在校園中度過的蘇童來說，閱歷與題材並沒有限制住他。他在推出幾篇逃亡農民題材的小說之後，下一部長篇小說《我的帝王生涯》在題材上的跳躍程度大得令人驚訝不已。這部作品敘述的是一個年輕帝王曲折起伏的人生經歷與精神蛻變的過程。少年端白十四歲時，父王突然駕崩。他被群臣擁登王位。此事對他來說甚為突兀，正如覺空所說：「少年為王，既是你的造化，又是你的不幸。」所謂造化，乃是他榮登寶位，擁有了無上權力，而不幸則是他並無如何使用這種權力的道德準備與精神依托。於是，帝王身分像一把利劍，把端白的靈魂與肉體徹底劈開了。作為肉體的那一部分自居為一個真正的皇帝，並為之陶醉：「我有權毀滅我厭惡的一切」，「我想殺死誰誰就得死。」從這種帝王特有的隨心所欲的心態中，端白充分體驗到了肉體存在的高度的「自由」。然而，做為靈魂的那個自我則開始了精神淪喪與救贖的痛苦過程。習俗、制度，甚至包括帝王特有的隨心所欲的權力，都在阻礙和中斷人性的正常發展與表露。他心裡愛著蕙妃，卻無法挽救她；他崇拜走索藝人，卻不能接近他。他心中時時有一種對自我角色的拒絕意識在萌動。但是，一旦他成為帝王，他就不再是一個普通的人，而只是一個文化代碼。他沒有辦法改變這一切，他不由自主地讓自己的肉體一次又一次地背叛自己的心靈，自我救贖也就只能是一種心靈的虛幻。最終還是一場災難才拯救了端白，他做為一個失敗者被趕下了帝王寶座，由帝王到庶民的生存角色的轉換成了主人公自我救贖的前提。在與「世俗生活不斷地摩肩接踵」的過程中，端白開始了另一種生存境遇，體味新的人生遭際與痛苦。土匪的剪徑使他一貧如洗，昔日寵愛的蕙妃淪落風塵使他勘破塵緣，在極度失望中，他想起了自己過去崇拜的「走索藝人」。尋找「走索藝人」的過程，象徵著端白對於自由的尋找與追求，因為「走索藝人」在鋼索上對自我身體的嫻熟駕馭就是一種靈肉合一的至高無上的自由境界。歷盡種種艱難，端白終於找到了走索藝人，並在他指導下苦練走索，遂成為一個蓋世無雙的藝人——走索王。失落的自由找回了，分裂的靈肉合一了，痛苦的靈魂也終於獲得了救贖。端白由人→帝王→人→走索王的生命旅程，概括了他由人→非人→人的個體淪落和自我救贖的全過程。當然，端白的力量是有限的，他不可能拯救整個的帝王文化，但他從帝王文化的禁錮中完成了自我救贖的過程，這本身就是人性力量的偉大勝利。所以，《我的帝王生涯》這部小說與其說是敘述一個帝王的曲折經歷，不如說是對於人性自由與靈肉完整的禮讚。

蘇童開始以小說創作衝擊文壇之時，大陸的先鋒小說正處於一蹶不振的萎靡狀態。以馬原為代表的結構主義敘述故意消解故事，把小說文本弄得撲朔迷離、支離破碎，而余華、格非等則用晦澀的意象、飄忽的神思以及辭不達意的句子，玩弄著誇大了的深刻。此時先鋒小說已經顯出了缺乏活力的疲軟狀。正是在這個意義上，評論家們看好蘇童，認為蘇童的出現能夠挽救先鋒派小說。因為蘇童選擇了故事，這個曾經被先鋒派褻瀆、肢解過的小說範疇，蘇童把它重新揀了回來。在寫《妻妾成群》時，他就自覺地開始了講究敘事的文體實驗。他曾說：「我寫《妻妾成群》，主要是想變變花樣，向傳統退一步，關注故事、人物，看看有些什麼效果，而過去則是有意對之進行消解。」⑭在《妻妾成群》中，蘇童已經相當注意故事敘述的順序以及一個個小故事的串接，而《米》中，他則幾乎移用了傳統小說慣用的故事框架，以五龍乘火車從北到南起始，至五龍乘火車從南到北作結，有頭有尾，首尾呼應。整個故事以五龍為中心，

⑭《新寫實作家、評論家談新寫實》，丁永強整理，見《小說評論》，一九九一年第三期。

按照時間順序寫了五龍的受難、發跡、破敗、死亡，所涉及的眾多人物從出場到結局，也都有交代和著落，故事文本形成了一個完整的自足性結構。評論家們認為，蘇童以傳統的古典韻味極濃的敘述方式精緻地編織著具有充分的情節完整性的故事，這種形式上的古典復歸傾向，並沒有使他的小說喪失先鋒品格，相反，蘇童小說在人類靈魂的揭示與存在本質的展現方面，顯然比先鋒派以誇大其辭的變態為表徵的所謂深刻性更具有震撼人心的力量。

在大陸新寫實主義文學潮流中，蘇童是個有著自己獨特創作風格的作家，這一點，評論家也給予了充分的肯定。有些評論家將蘇童與劉震雲、方方、池莉等以寫生存狀態為標誌的作家相比較，發現他們之間存在顯而易見的差異。其中最為突出的一點就是，蘇童的作品並不像他們那樣在描述大量物質的細節中求真實，他是從想像的整體氛圍中去體現他所意識到的生活真實。這種生活真實也即他曾經說過的「從作家心靈中流出來的真實」，它往往帶有一種寓言性質。所以，蘇童喜歡任自己的精神到歷史生活中去游弋，從歷史的生存狀態中去尋求寓言、尋求啟示。這種回憶性的敘述風格也許與他詩人氣質有關，早在他描寫童年和少年生活題材的作品中，回憶已經構成一種具有特殊意義的敘述方式，那些回憶少年往事的作品並不具有真正意義上的懷舊情緒，但它們卻預示了蘇童投向歷史生活的一種可能意向。在《一九三四年的逃亡》、《罌粟之家》、《妻妾成群》、《米》、《我的帝王生涯》等作品中，蘇童一再揭示著歷史頹敗的主題。在他的小說中，歷史固然是一種內容，一種小說的現實，同時它又是一種形式，一種藝術的方法。歷史的本來意義已經消失，它可以是作家藝術思維的框架，也可以是小說中人物生存境況的象徵。所以，可以認為，蘇童的小說在藝術領域中賦予了歷史以新的涵義，並且刺激了時下文壇「新歷史小說」的方興未艾。

六、葉兆言

葉兆言經常被人們與蘇童並提，所以，在對「新寫實」浪潮的觀察中，也被納入於視野之中。

葉兆言與李曉一樣，是文學界的名門望族之後。他的祖父葉聖陶是「五四」時代的文壇健將，其父葉至誠又是畢生度人金針的資深編輯。這樣的家庭，「談笑有鴻儒」是必然的事（葉兆言自已就記述過，已故著名作家方之曾是他從事創作的熱心引路人），又加以家中藏書甚豐，所以他自小就生活在良好的文化氛圍中。他一九五七年生於南京，趕上「文化大革命」，下過農村，也在工廠做過工，一九七八年考入南京大學中文系，以後又成為現代文學的研究生，讀了不少書。再以後當過文學編輯，與蘇童同事，現在是專業作家。

葉兆言為人沈穩內向，謙遜好學，蘇童作為朋友這樣評論他說：「他的性格為人絕對是儒家的，他是一個真正的讀書人，滿腹經綸，優雅隨和，身上散發出某種舊文人的氣息。」由他的談吐和文章顯示出的文化修養，人們認為他是一位比較具有學者氣質或學者型的青年作家。

一九八五年前後，正當文壇上新潮翻騰之際，葉兆言發表了他的第一個中篇《懸掛的綠蘋果》，第一部長篇《死水》。這兩部作品並未引起注意。直到一九八七年之後，他又在《鍾山》、《收穫》等大型文學刊物上發表了《狀元境》、《追月樓》、《五月的黃昏》、《棗樹的故事》、《艷歌》等作品，這才聲名鵲起。到現在不足十年時間，他已寫出百萬字左右的作品，臺灣遠流出版公司於一九九一至九二年間共推出他的五部作品集：《艷歌》、《夜泊秦淮》、《棗樹的故事》、《懸掛的綠蘋果》和《綠色陷阱》。

這裡，試對《狀元境》（載於《鍾山》一九八七年第二期）、《棗樹的故事》（載於《收穫》一九八八年第二期）、《追月樓》（載於《鍾山》一九八八年第五期）略做評介。這三篇發表時間相近，由於編發的各種原因，不能據此排定其寫作時間先後，指陳有何變化之軌跡，大抵上應視為同一時期的精神產品。這樣一來，我們就會看出，葉兆言作品的不同形態並不是創作上不斷追隨時尚轉換的遺留物，卻是他頗為豐富而完整的創作本體的不同側面。

葉兆言的「夜泊秦淮系列」相當著名，《狀元境》是這個系列的作品之一。狀元境是南京秦淮河畔夫子廟附近的一條里弄。小說主要就描寫這條里弄的一個住戶的家庭婚姻生活，起訖之間，將清末至民國期間秦淮河畔五行八作、人情世態、時事變遷一齊攝入了。葉兆言生長於斯地，雖非過來人，卻顯然下過一番功夫，彷彿重建已經坍圮的古建築，把這一段主人公的人生故事，寫得歷史味和南京地方味都頗地道。這個系列就發表時間看，似是前一段「文化尋根小說」的餘緒，而就寫法看，則真正具有「新寫實」的精神。

《狀元境》用的是順時序的傳統小說敘述方式，雖是主要描寫張二胡與其妻沈三姐的婚姻生活，卻自清末革命黨在狀元境的地下活動迤邐寫來。當年的同盟會的英雄，後來成了割據一方的軍閥，沈三姐是他的姨太太之一。因為她與他手下的副官私通，一怒之下，司令就將她「賞」給了張二胡。張二胡為人厚道、懦弱，三姐潑辣、放蕩，此類悍婦弱夫相處的故事，以往也有不少作品寫過，葉兆言寫來也毫不遜色。張二胡把個「辣貨」娶回家來，他的娘也是個咄咄逼人的「辣貨」，「辣貨」對「辣貨」，於是打得不可開交，直鬧得老娘上吊尋死，被救活後分開過日子。張二胡在他娘和老婆之間兩頭受氣，「他不知道怎麼去做個孝子，也不知道怎麼才是個好丈夫」，後來悟出索性「再也不要想幹什麼」，就整天泡茶館。三姐閒來百無聊賴，染上了賭癮，一頭扎在粗野、下流的馬車夫中賭錢，並和其中一個叫老三的通姦。一天，二胡去車行接三姐回家，備受羞辱，作品描寫道：

老三把膀子一抱，有心鼓起一塊塊的肌肉，對三姐說：「還守著這麼個活王八幹什麼，倒不如跟了我，給我做老婆。」三姐在地上吐了口唾沫，一臉鄙視的樣子：「就你能，算是會說話是不是？」旁人打趣說：「老三，難道你不怕做王八？」老三笑著說：「我，我的女人誰敢碰根毛，媽的。」說著，用眼神提醒眾人看張二胡。張二胡只當什麼話都沒聽見，耷拉著腦袋，像一把上了鏽的鐵鎖似的，死咬住一個理，就是要三姐回去。三姐看不慣他的窩囊，又不忍看他被人糟蹋，便陪著他默默地回去。眾人追在後面又是一陣大笑。

……

老三的放肆、邪蠻，張二胡的懦弱、隱忍，眾人的哄鬧，以及三姐複雜、微妙的情感和心理，作者一枝筆點到皆活，可謂深得中國古典小說白描技法的神髓。類似的精彩描寫，在這篇小說中還有許多。關於張二胡和沈三姐的人生故事就是在這樣一些鏈狀的片斷中展開的。

一般寫悍婦弱夫的故事到這裡往往就要轉向悍婦（又是蕩婦）如何與姦夫合謀害死親夫，把情節推上高潮了。這篇小說並不蓄意設置情節發展線索，只是要依人物經歷的本來面貌去寫。張二胡外出幾年，竟然做生意發了財，回來後對老娘的死十分悲傷，沈三姐那一張朴刀似的嘴，依然不減其厲害，每日仍是吵吵鬧鬧，但從那一張刀子嘴中，卻可聽出她對張二胡又有一種憐惜，一種情分。直到有一天張二胡受無賴漢楊矮子欺負，被迫勇敢還手，三姐大聲叫好，並且備酒慶賀，次日又是一場與前來報復的流氓的惡戰，張二胡被打傷了，三姐傷得更重，連牙也打掉了，方見出他們夫妻情重，三姐本色的可愛的一面也才顯示出來。三姐之所以如此潑悍，處處不示弱、不吃虧，其實是環境造就的，「老實人受欺」，就逼著人不能太良善、太老實。張二胡結交了顧天輝，顧的哥哥是帶兵的團長，一狀告到團長面前，團長就派人痛打了狀元境的流氓老伍。張二胡報了仇，也更有了威風，從此，做了狀元境的老爺。因為嫖妓的緣故，他得了性病，找了醫生治好了，病卻傳到三姐的身上。到了病入膏肓之時，三姐對張二胡有一番話，十分感人，這裡限於篇幅，就不能轉錄了。三姐一死，張二胡真是失魂落魄。兩人恩恩怨怨，過了一輩子，「是三姐把張二胡注塑成今天的模樣，只有他死了，三姐才叫真正的死。」

這篇描寫並不久遠的歷史生活的小說，並無什麼具有教化意義的題旨，它只追求真實地再現這一段歷史生活中秦淮河畔某一些人的人生境況。「張二胡一生裡只求太平。一個求字，包含了多少恩恩怨怨，包含了多少痛苦煩惱和歡樂。求太平，太平求到了，終究還是不太平。」這個概括充滿了無窮的蒼涼意味，或者能勾起人們對人生和人性之謎索解的欲望？小說的敘事和描寫形態雖然相當傳統，甚至具有通俗性的一面，但小說文本的內在意蘊卻是豐厚的，和有現代感的。

因此之故，形式也不可能再是完全傳統的，在原生態真實的刻意追求中，傳統的情節結構方式已然消解，透過張二胡一家的榮辱、浮沈、恩怨、悲歡，讀者獲得的不只是豐富的人生體驗，也有新的感知生活的方式。

「夜泊秦淮系列」的另一篇《追月樓》發表後，也為《小說選刊》等轉載，引起廣泛注意。《追月樓》和《狀元境》一樣，很注重人物形象的刻畫。它的主人公是一位前清遺老丁老先生。丁老先生一生遭遇過許多重大事件，他加入過同盟會，所以結交了一些黨國元老，思想是「一會舊，一會新」。不過，大體上講，他還是個遺老型人物，舊文化傳統浸染甚深，在變動的現實生活中，他尤其顯出迂闊、古板，不免落入非常尷尬的人生境況中。

故事主要在抗日戰爭時期，日軍攻佔南京以後展開。丁老先生堅守民族氣節，曾表示南京城破之日，便是他殉義之時。後來，他又發誓日寇一日不消滅，一日不下追月樓。他並不虛情假意，劫後遇見老友，「相顧無言，老淚嘩嘩地就流出來」。當漢奸的學生少荊領了日本學者藤家來見，他硬是「連站都沒站起來」。得知未來的女婿是大漢奸，「差一點氣死過去」，還想勒死女兒婉。他叮囑長孫賣掉房產，先把日本人開辦的和漢書院的院長薪水補還掉，聲稱「那錢來路不乾淨」。他也非完全不知變通，長孫伯祺在日偽鐵路局做事，他表示認可，只是叮囑「而今而後，庶幾無愧」，並為其上司題字，略玩了一點花招。

但是，現實人生的境況畢竟是太複雜了。不僅是他的那種封建士大夫式的守節方式，須以他人生命陪葬為代價，令人覺得古怪而專橫；而且他人的思想與行為方式，也使他覺得格格不入。丁家小孩因為玩爆竹爭鬧，引起女兒與庶母等吵架，吵得不可開交：

丁老先生說：「都是些畜牲，亡國滅種之禍，難道就一點都不覺得！」

小林哭著，仰起臉來，向追月樓上的外公告狀，要爆竹放。丁老先生仰天長嘆，忽然老淚縱橫，帶著哭腔說：「怎麼不死！怎麼不死！怎麼不都死！」說完嚎啕大哭。樓下也嚇得一片哀嚎，急得明軒和伯祺奔上走下，有苦說不出。

丁老先生是個過時的人物，問題不在於他堅守民族氣節值得不值得肯定和尊敬，而在於他自己的思想與行為方式，已與周圍人脫節，這使他陷入極大的內心孤獨與絕望之中。由於和環境之間嚴重的不協調，他顯得和塞萬提斯筆下的唐・吉訶德一樣怪誕，言行舉止就有了一種反諷的效果，比方如初一十五必向庶母慕容氏請安，因為不下追月樓，不能忠孝兩全，他「在追月樓上哭了幾回，跺腳聲震得樓板灰塵直落」。從根本上說，丁老先生是個悲劇性的人物，對於危難時期的生存環境，丁府上下各人所持態度並不一樣，也使他的守節時時陷於尷尬境地：孫兒仲祥原去當「義民」，深受他讚許，卻又中途折回，以後甚至還偷家藏字畫出賣；伯祺不但在偽鐵路局供職，還在和漢書院當教務長；女兒婉竟與漢奸少荊去上海、杭州雙栖雙宿；他死後葬於追月樓下的遺囑也未被執行。

《狀元境》寫得極有市井氣，恣肆中夾帶著蒼涼；而《追月樓》則寫得又很有文人氣，醇厚中流淌著苦澀；還有一篇《半邊營》，被人認為可與蘇童的《妻妾成群》做互文看，又是脂粉氣十足。「夜泊秦淮系列」以還原寫實之筆真實再現昔日秦淮河畔不同的人物世界，它的成功在「新寫實」浪潮中十分引人注目。

《棗樹的故事》與《追月樓》發表時間相近，也是寫歷史生活，而在寫法上與《追月樓》等有相似之處，也有不同之處，所以值得一談。

《棗樹的故事》敘述了一個叫岫雲的女子的人生經歷。她的人生經歷很不尋常，一直交揉著刀光劍影和血腥氣味。這個生長在秦淮河畔的小家碧玉式的女子，為躲避日本鬼子，她的父親把她許配給了一個叫爾漢的幫工的男子，並隨爾漢回到鄉下。爾漢因收藏槍枝被土匪白臉殺害，爾漢的弟弟爾勇為其兄報仇，刺殺白臉未遂，後又遭白臉追殺。白臉雖未殺死他，卻打殘了他妻子，並強佔了他嫂子岫雲。爾勇也曾攜岫雲躲避於南京老家，卻終因岫雲後母不容，只好重回鄉下。以後爾勇加入了共產黨，白臉也曾收編到共產黨部隊中，但白臉後來又勾結日本人，殺害了共產黨部隊的謝司令，直到解放後，共產黨部隊追捕白臉，爾勇才親手擊斃白臉。

白臉被擊斃時，岫雲就在身旁，她早已成為白臉的姘婦。後來，她給人幫佣，又和男主人老喬姘居。「她的一生實在亂七八糟，亂七八糟的一生中，又究竟有幾樁是清晰的，連她自己也弄不清楚。」正是由於這種關係，圍繞岫雲展開的這個故事是被打亂來敘述的，對故事的每一階段的敘述經常被阻斷，而後又在另一處冒出來。作者熟練地交替運用順述、追述、預述，乃至追述中的追述，以及預述中的追述及追述中的預述，時空不斷地被作者切來割去，像一個人的意識流那樣變動不居。「想像中的岫雲早死過許多次。沒人能夠理解她心靈經過的不平凡歷程。」這種寫法也很切合這個歷經劫難，心靈飽受創傷卻又缺乏生命自覺意識的女人的心理特點。它需要讀者細心地拼合，在不斷變化的話語形式中尋求對主人公人生經歷的新的解讀。這正是前一向新潮作家最喜歡施展的招數。葉兆言在寫出「夜泊秦淮系列」這樣「新寫實」的歷史題材小說的同時，又拋出這種式樣的作品，究竟又意味著什麼呢？

首先應該辨明，《棗樹的故事》雖然嘗試了一些現代派小說的敘述技巧和策略，但是它並不晦澀難讀，無需太費力，即可了然於故事的脈絡。此外，許多人物和情節的描寫相當真實、生動，如爾勇寄居岫雲後母家一節，甚至很有傳統小說的風貌。這說明葉兆言所進行的也還是一種「實驗」，一種將現代小說技巧與傳統小說寫法相揉合的「實驗」，一種小說現代化中對「度」的掌握的「實驗」。他曾寫道：「十九世紀的小說大師們早就陳舊不堪，新世紀的現代派鼻祖們也老態龍鍾……新的配方也許永遠誕生不了。」⑮而事實上他卻並不那麼悲觀，在創作上他還很努力，如「夜泊秦淮系列」看上去似乎很傳統，沒有什麼敘述策略，而其實他以現代精神審視歷史和現實，以逼近原色的方式進行描摹，可說是「重新獲得讀者」的一種「策略」。他自覺地站到中西文化的交匯處大展拳腳，相信今後還會有更好的作品問世。

⑮ 見《最後的小說》，《中篇小說選刊》，一九八八年第四期。

七、范小青

姑蘇城中的青年女作家范小青，目前正處於創作的盛花期。

她一九五五年生於上海松江，三歲時隨家庭遷往蘇州，此後一直在蘇州生活。但是，命運像是注定了她要成為一個作家似的，時代風雲曾兩度將她裹離這座城市。一九六九年底，她隨父母下放到蘇州農村，一去就是三年，然後回城讀完高中。一九七四年她再度下農村務農，直到一九七八年初才考入江蘇師範學院（現為東吳大學），並於一九八一年底留校任教。青春年少正是感覺最為敏銳、豐富、細膩的時候，從城市到鄉村的幾度遷徙所形成的強烈的生活反差，使她對自己熟悉的這座古城有了全新的感受。這種淪肌浹髓的新鮮感受，與那個時代的某種崇文風尚結合起來，則刺激著這位已具備一定修養的青年女性的作家夢想與文學潛能。果然，范小青跨入校園伊始，創作慾望就一發而不可收地燃燒起來。從一九八〇年正式發表作品迄今十餘年間，已經創作了中、短篇小說近百篇，另有長篇小說《褲襠巷風流記》、《個體部落紀事》、

《采蓮苦情錄》、《錦帆橋人家》等四部問世。一九八五年，她加入中國作家協會，並到江蘇省作家協會從事專業創作。在當代大陸文壇亂花迷眼、眾星璀燦的女性作家之中，范小青乃是比較突出的一位。尤其是近幾年來小說創作中的新寫實主義潮流在大陸文壇已成洶湧之勢，范小青不僅以自己的創作顯示出新寫實主義的實績，而且在不少場合還講述過關於「新寫實」的創作感受與理論思考，因而，其創作甚為評論界和讀者所關注。

同許多有過「上山下鄉」的知識青年生活經歷的青年作家一樣，范小青的創作起步，也是從對知青與大學生的生活進行對比與反思開始的。她的早期作品借鑒和運用意識流等小說技巧，多方面地表現了女知青或女大學生們細膩複雜的生活感受與情緒流動，在當年風靡一時的知青與大學生題材的作品中，她的小說也是頗為引人注目的。但那畢竟只是一個有才華的青年作家啼聲初放，有些缺點是明顯的：主題外露，技巧稚嫩，語言缺乏獨特的韻味，甚至多少帶有點大學生作文的痕跡。直到一九八五年，各種各樣變革的熱浪拍擊著文壇，感應時代的精神搏動，蘊藏在范小青靈魂深處，與她的情感世界血肉相連的那些生活積累，終於找到了噴發的火山口，而真正與她的性情、趣味、修養相吻合的文學潛能，也像猛烈撞擊的電光火突然一亮，啟開了她心靈中藝術的眼睛。她的小說創作在這一年陡然一變，就好像脫胎換骨了似的。她告別了「校園歌手」的時代，以一連串嫻熟、老到的市井風情小說，給文壇一個不小的意外驚喜。《冬天裡》、《小巷靜悄悄》、《小巷曲曲彎彎地延伸》、《臨街的窗》等短篇創作，已經跟早期那種為知識青年命運寫照，為校園生活剪影的作派迥異其趣，待到長篇小說《褲襠巷風流記》、《個體部落紀事》以及中篇《光圈》、《顧氏傳人》相繼問世，一個新的藝術世界就誕生了。這就是范小青心目中的蘇州，那座曲曲彎彎，到處是小橋小巷的文化古城。一條擁擠的褲襠巷，一個逼仄的寒山寺，一座頹敗的大宅院，雖然芥末之地，渺乎小哉，但正是這銘心刻骨的衣胞之地，血肉相依的生命逆旅，才真正浸淫著年輕作家夢繞魂牽的依戀和心旌搖蕩的意緒。也就是在這裡，范小青筆下的人生，才有了最具備生氣與活力的流淌，有了最富於風致與情韻的展開。在談及她的這一重要轉變時，范小青也按捺不住內心的激動與興奮，她曾說：「……於是為之大振，躍躍地便去叩那現實主義的門，寫小巷風情，市民生活，那可是實打實，少有花腔的。寫來竟也左右逢源，心中大喜，以為終是找到了自己的根。」⑯

表面看來，此次轉變是一次題材範圍上的收縮，但在表面現象背後蘊含著更為深刻的意義。它標誌著范小青創作觀念一次十分重要的突破。這一突破從兩方面表現出來，一是由追求所謂藝術真實到追求生活真實。幾十年來，大陸文藝學的教科書都充滿這樣的教誨：要從豐富的生活素材，也即生活真實中提煉出主題、思想人物和情節，使之昇華到具有理想性質的，能揭示

---

⑯ 范小青：《我是誰》，《青春》，一九八五年第九期。

生活本質和規律性的藝術真實。范小青早期創作，就是沿著這條道路走過來的。當她開始寫蘇州小巷的市井生活時，也未嘗不想通過小說來反映一些思想，提出某些觀念性的主題。後來，她發現這樣寫不行，受到很多拘束，「不如乾脆什麼都不想，隨其自然。」⑰之所以這樣寫不行，是因為她在題材調整之後，所面對的是自己真正熟悉的，感覺親切的生活方式，而只要她全身心地投入到這種生活情境中，她就會發現，合理的世俗生活存在，本身就蘊涵著意義，潛藏著邏輯的結構，作家沒有能力，也沒有必要去干預生活本身。於是，她就抱定宗旨：「乾脆放棄思想，寫生活本身，寫存在，不批判，不歌頌，讓讀者自己去思考、評價。生活就是目的。」⑱

二是世俗化與平民化的審美情趣的形成。范小青自己曾說，她自己在開始轉變時，並未有意識地追求平民化與世俗化，然而，既然作者已經將藝術視角探入了蘇州古城的小街小巷，而且有意識地避免將生活戲劇化，那麼，也就自然而然形成了平民化與世俗化的創作傾向。她不刻意塑造英雄，也無意於揭示崇高，只關注蘇州普通市民的日常生存狀態，關注那些名不見經傳的小人物的喜怒哀樂、七情六慾，以及他們撲朔迷離的命運和遭際。即使有時寫到蘇州古宅中的世家名門的傳人，也大抵是在他們淪為普通市民之後了。固然，她也對蘇州這座名城的歷

⑰ 據范小青自述，見《當代文壇》，一九九〇年第一期。

⑱ 見《新寫實作家、評論家說新寫實》，丁永強整理，《小說評論》，一九九一年第三期。

史與趣盎然，然而，在她關於蘇州人的生活故事中，歷史已被化解為瑣碎的記憶，它不是活在教科書中，而是凝聚成了民俗文化的具象的存在。這些記憶不屬於正史，而只是漫然存留於蘇州市民的集體無意識領域中，通過社會底層的口耳相傳，借助那些古舊的屋舍，靜靜流淌的河水，構成一種無言的話語，訴說著蘇州市民生存狀態的過去與今天。

中篇小說《顧氏傳人》看上去很像一部沒落家族的歷史故事，但作者沒有讓顧家四姐妹與她們的弟弟顧允吉去承擔家族沒落歷史的悲劇角色，而是主要展現他們做為普通市民的生活歷程。但凡家族故事大都是關於幾代血緣關係傳承的回憶，《顧氏傳人》的敘述也是從回憶開始的，不過這種回憶僅是限於作品開始部分的簡潔說明，作品迅即轉入到現在時態的人物生存狀況的敘述。

顧家二小姐的丈夫在解放戰爭時跑到臺灣去了。幾十年來，她為了照顧癡呆的弟弟，加上心中又懷著一個難言的期待，她一直未再嫁。但是，她與單身漢老汪之間有一層微妙的關係。老汪熱情地幫助顧家，並接受顧二小姐的拜託，為顧允吉尋找一個媳婦。他對顧二小姐似有所求，又像無所求。後來，顧允吉得老汪相助娶了四川女人，生下個令顧家生疑的兒子。臺灣方面也傳來了二小姐的丈夫已另外成家的消息，大小姐極力勸說二小姐與老汪挑明二人的關係，然而，當二小姐怔怔忡忡地來到汪家時，老汪卻與別的女人結婚了。接著，作者很平靜地敘述了顧二小姐的死：

後來二小姐就過世了，也沒有什麼大毛病，二小姐臨終，面孔看上去很安逸，看不出有什麼掉不落的事情，但是大家想，二小姐肯定有事情掉不落，她的眼睛不肯閉，是大小姐幫她合上了。

二小姐因為無法消除對顧家下一代血統的懷疑，而懷抱多年的祕密期待也一朝破滅，死也不能閉眼。這個結局的意味，並不在於讓二小姐回到她的家族遺命承擔者的位置上，而是傳達了世俗中人不可能獲得完滿生活、不可能把握自己命運的缺憾。這個可能被敘述為家族歷史及其悲劇的故事，由於敘述方向的改變，由於作者的藝術視線收羅的是這個家族內外所發生的現時態的平凡瑣事，因之，出現在讀者面前的《顧氏傳人》就成為一個世俗性的故事文本。它清清淡淡，平平常常，沒有扣人心弦的傳奇情節，也沒有縱橫捭闔的宏大結構，卻頗有讓人忍不住要讀下去的魅力。因為氤氳在作品情節敘述之上的那股悲劇意味，不是思想的，而是情緒的；不是觀念的，而是審美的。這種情緒，與其說是對一種往昔生活的悼挽，是對昔日「詩禮簪纓」之家沒落命運的慨嘆，不如說是對過去曾經美好過，現在也不失其心靈之美的一群弱女子、一群小人物的生存境遇的同情。

范小青筆下小巷人物安逸閑適不思競爭的心態，是與蘇州古城小橋小巷的逼仄、短視的地域特徵相吻合的。這裡雖然並非到處庭院深深，朱門重鎖，但小街小巷中爬滿牆壁的古藤枯枝，還有蘇州河中那黯綠不動的河水，足以讓人感受到一種淤積與凝滯的氣息。對浸淫於文化淤積與歷史凝滯氣息的小巷心態，范小青有比較準確的把握與捕捉，描寫也頗為生動、傳神。不過，在她的作品中，這種淤積、凝滯的氛圍的表現，主要是為小巷人物提供一個生存背景，她所著力表現的還是小巷生活幾十年來的躁動與變遷。長篇小說《褲襠巷風流記》就是一個例證。

吳宅輝煌的歷史，曾使褲襠巷的居民們臉面榮光，非常自豪。他們承繼祖先的傳統，承繼世代相傳的生活方式。然而，四十年前的那場解放戰爭的風暴，將吳家的人們吹個七零八落，「文革」再一變，褲襠巷的人們又戰戰兢兢，如履薄冰。如果說，這些變化還是政治風雲所帶來的，或是外在的，或是負面的，那麼，近年來社會經濟生活發生的變革則是更為重要、更為深刻了。它使得褲襠巷的人們破天荒地產生了種種謀求走出小巷、改變小巷的生活願望。在褲襠巷，雖然也有吳老太太這樣希望不變，喬老先生那樣對變遷不屑一顧的人，然而真正風流於褲襠巷的還是那些躁動著的求變者，其中有吳克柔式的思變而無方，有三子式的變而不得法，有珊珊式的變而無章可循，也有阿蕙這樣為了變的希望而與重重困難抗爭的意志堅強者。總而言之，小巷已不再平靜，外面世界的快節奏已然使小橋邊、小巷裡的安逸、閑適的情調，受到潮湧般的衝擊。外面生活的精彩，也使得小巷裡往日的封閉、寧靜失去了存在的依據。小巷裡出現了不安分的人物，而吹進小巷的現代生活氣息也鼓舞著這些不安分者冒犯、甚至背棄小巷裡傳統的生活規則，尋求一個更為廣闊的天地。在大陸實行改革開放的鄧小平時代，國家在變，社會在變，蘇州的小街小巷也在變。范小青的這部作品，立足於蘇州，在一種地域文化的輻射圈內，既探索小巷生活與社會奏鳴之間的不諧變音，也展示出小巷變遷與整個時代的共振頻率。她不僅找到了自己的根，也找到了透視蘇州小巷市民生存狀態的最佳視點。

由寫知青與大學生轉向寫小巷市民後，范小青仍然保持著一個女性作家的興趣。她筆下的小巷人物包羅萬象，涵蓋面很廣，但真正寫得精彩迷人的還是那些小巷生活中的女性人物。這些女人各自都有一本難唸的經，都有一個難解的結。《光圈》中的主要角色吳影蘭，小時候並不聰明，也不聽話，長大後到商店去工作，忽然成熟起來了。她成了小店的店主任，又被選為全市勞動模範，有了榮譽和地位，但她的日子反而不舒坦，天天掙扎在顧家庭還是顧工作的矛盾中，疲憊不堪，心力交瘁。而丈夫的不通情理則如雪上加霜，給她的心靈更加上一道道傷痕。《光圈》中另一位女性魏阿姨，男人四十歲過世後，她一直守寡，含辛茹苦把兒子養大成人，兒子後來卻成了詐騙犯，一生唯一的寄託終於落空。《嫁妝》中的「丫頭」，在車間裡做工，數量質量全頭挑，車間主任告訴她，說不定廠裡會評她當模範，廠裡的祕書要寫一份關於她的材料，想從她身上找到「閃光」的思想，但「丫頭」什麼也沒有，她最想的就是能有一臺彩色電視機做嫁妝。要是能攢夠了票子，能買到彩電，她「睡夢頭裡也會笑出聲來的」。

這些女性形象大都浸染著蘇州文化的某種情調，聰慧、美麗、柔順，帶些「糯性」，又不免有點「小家子氣」。按「男外女內」的中國傳統的家庭模式，男人可以闖蕩江湖，女人只能廝守家中，儘管近百年來社會風氣的開放為女人走出家庭提供了多種可能，但經濟的落後，與習慣勢力的惰性使許多女性依然背負著家務的重擔，困居一隅，走著自己艱難的人生歷程。因而，女人們與小巷小弄的精神聯繫比男人們更為密切，她們的喜怒哀樂、生離死別，甚至她們每日饒舌的話題，無不與她們所居住的這個環境有關。她們平淡、瑣屑、重複的日常生活是小巷市民生活的典型狀態。范小青在她們身上傾注如許筆墨，對於她的藝術上的目標，當然是必須的。

近兩年來，范小青的注意力又有了變化。她推出了一個「銀髮小說系列」，其中《清唱》、《晚唱》、《還俗》、《單線聯繫》等頗獲好評。它們敘述老年世界中深藏的一個個曲折起伏的人生故事，主人公有評彈藝人、律師、中醫、老報人、退休教師、尼姑等，他們雖普通、平凡，卻活得有聲有色，有滋有味，顯示出蘇州小巷生活的另一側面。

大陸前輩作家陸文夫是寫蘇州生活的聖手，范小青的創作無疑受過他的影響和啟迪，但她並未亦步亦趨地跟在後面，而是力求走一條自己的路。促成這一成功的，除了她的文學觀念不同於陸文夫之外，也與她努力建構起新的人學觀念有關。這一人學觀念的核心就是，人的命運並非如過去所強調的那樣受嚴密的因果關係所支配，生活中有許多偶然的、不可知、不可測的東西，都可能左右人的命運，不反映這一切，文學的真實性就大可懷疑，陸文夫與范小青對人的命運持有不同看法，所以寫人就有區別。陸受中共傳統的意識型態浸染較深，喜在明確的社會背景和事件中寫人，而范小青卻有意淡化社會性內容，專注於人物自身的幸與不幸；陸的「人」是社會政治與經濟結構中的人，而范的「人」則是在不可測的命運中掙扎的人。范小青筆下眾多人物命運常大起大落，在波峰浪谷間升騰沈降，不由自主，往往今日尚是寵兒與座上客，備受敬崇，明日便成為棄子或階下囚，飽受冷遇，這正是生活快速變異的折射，也是人的生活角色在多重機遇面前頻繁更替的真實顯現。

與這些觀念相適應，范小青的藝術風格與創作手法也與過去大不相同。總體上說，她是愈來愈轉向一種「新寫實」小說特有的客觀主義的風格：消解故事模式，摒棄主觀介入，逃避理性思考，拒絕內部進入等等。

首先，我們在她的許多作品中突出地看到敘事的散漫化。她在敘事開始前或在敘事過程中，總要說上一大段有關蘇州的風土、人情、掌故。她放棄了那些有可能製造出戲劇性和精彩故事的因素，用一種淡漠的態度，把故事「消解」進日常生活瑣事的敘述中，因之也特別能逼近生活的原生形態。其次，她越來越謹慎地避免主觀介入，避免做出理性評價。她的作品中的人物不再有簡明、醒目的性格特徵，創作主題也變得愈來愈模糊，愈加難以概括，甚至作品中還帶有某種神祕主義傾向。關於避免理性評價，范小青甚至表現得相當強烈，她有一篇創作談的題目，就是：《不談理論》。當然，不談理論，避免理性評價，並不等於對生活不做思考，只是拒絕按中共欽定的意識形態框架來思考，拒絕接受共產黨教條作為自己觀察生活與創作小說的指導原則而已。有的評論者指出：「范小青以及一大批所謂『新寫實』作家的努力只不過在重建與現實相接通的途徑。」[19]這個觀察是對的。范小青及其他新寫實小說的作家們在理論上擺出一副「無為」的姿態，其實只不過是對陳舊的理性認知即中共傳統的理性認知的一次清洗或「懸置」。因為這種陳舊的傳統的理性認知扭曲了現實的真相，阻塞了文學與現實相通的途徑。只有在清洗了或拋棄了這種陳舊過時的認知之後，我們才能期待對世界的真正科學的理性思考，並產生更深刻的、史詩式的大作。

---

⑲ 曉華、汪政：《范小青的現在時》，《小說評論》，一九九〇年第二期。

八、李曉

李曉，一九五〇年生於上海。青少年時期曾到安徽農村插隊落戶，一九七五年返回上海。後考入復旦大學中文系，畢業後在上海市政協《文史資料》編輯部工作。作為現代大文豪巴金的公子，李曉的創作才華的顯露不可謂早。他上大學時，一些同學寫小說已經頗有名氣，很少有人想到他會後來居上。但李曉畢竟出生於如此顯赫的文學家庭，一當他開始創作，果然出手不凡。《繼續操練》、《關於行規的閑話》、《機關軼事》等篇什，引起很好的反響。不過，李曉自己很謙虛，他說自己是個缺乏想像力的作家，所以，要努力在聽覺方面磨練得比別人銳敏些，就是說，要在日常生活中注意用耳朵去聽人們在閑談中所透露出來的那些不太平凡的事件，把這些事件當做素材組合到自己的創作中去。這就使得李曉的創作題材大致有所側重：一方面，他自己當過知青與大學生，這方面的生活積累是他早期創作的主要題材；另一方面，他的家庭出身以及大學畢業後的工作領域，使他有機會接近各種有較高職位的幹部與知識分子，了解到他們在幾十年政治風雲中的坎坷經歷，也了解到他們個人命運中某些諱莫如深的祕密。近期的一些作品如《相會在K市》等就是從這些「道聽途說」得來的生活素材中加以提煉的。從他獲取題材與提煉素材的方式看，其創作應歸入現實主義範疇。他對社會現實問題的關注，以及堅持不懈的社會批判精神，都與傳統的現實主義文學的基本精神相一致。然而，隨著創作的不斷發展，李曉的寫實手法與傳統現實主義的寫實手法之間本來就存在的差異愈益顯明。他對生活的調侃戲弄，他批判社會時的冷眼旁觀態度以及他對於生存命運中偶然因素的興趣，都表明他試圖同傳統的現實主義尤其是中共的所謂「革命現實主義」保持距離，並自覺努力與同時期的青年作家們一道探索一條寫實的新路。以往，評論界從風格的角度把李曉稱之為「黑色幽默派」，現今，評論界則稱之為「新寫實主義」。

李曉早年寫知識青年題材的小說，對青年學生在農村生活的艱難與荒誕感有所表現，但他的此類作品既不是感傷主義的，也不是像梁曉聲的作品那樣充滿一種「我不下地獄，誰下地獄」的英雄主義情懷。他的小說較側重於揭示知識青年自身的性格弱點，在不公平的命運中，他的小說中的人物幾乎都缺少一種剛強與獨立的人格理想和自我意識，沒有獨立的價值判斷能力和認同真理積極參與鬥爭的勇氣。《小鎮上的羅曼史》中的「蟹兄」在知識青年中也算是個頭面人物了，他的女朋友被當地有權有勢的幹部子弟公然奪去，女友也對他不忠實，而這位「頭面人物」竟那樣軟弱，只會伏在女友的身上，哭求她不要變心。《海內天涯》中的「小牛鬼」，在造反派眼裡是一個可以肆意踐踏的小人物，在知識青年伙伴中也是一個可以任人欺凌的可憐蟲，在母親眼裡他又是一個必須聽話的好兒子。他這一輩子都在為他人做犧牲，可是越如此活得越窩囊，根本不像個男子漢。在《屋頂上的青草》中，「蟹兄」身不由己地參與了一場滑稽劇的演出。他衝進失火的草屋救出五保戶老陳後，再次衝進去抱出老陳最重要的財產——棉被，這一事跡被報社記者採寫成了一則通訊。可是，登出來的通訊不是他搶救棉被，而是「他摸到牆邊，小心翼翼地捧下『毛主席寶像』，塞進衣服裡，緊貼在熱乎乎的心坎上，然後轉過身，高呼著萬壽無疆，向屋外衝去。」在那個荒誕的時代裡，人們對於一張領袖像甚至有關領袖的一切東西，都有一種類乎圖騰般的崇拜，冒著生命危險搶救一張毛主席像當然比搶救一床棉被更有「價值」，更能證明搶救者對於領袖的忠誠與愛戴，這可是一筆能夠贏得巨大利益的政治資本。所以，看到報上的報導時，起始他也有點不安，擔心鄉親與同伴罵他「吹牛」，可後來他便泰然自若地把報上所寫的內容到處去傳播了。有同伴譏笑他，他還振振有詞地辯說，誰叫老陳家沒掛毛主席像，若是那裡掛了，我就會去搶救。我有這份心意，不就是說明我搶救了嗎？為了榮譽和能上大學等直接好處，「蟹兄」心安理得地拋棄了正直誠實的人格。知識青年上山下鄉是歷史的產物，知識青年做為當時中國農村中的一個特殊階層，他們所居的地位，所起的作用，個人所承載的命運都是相當複雜的，真可謂是真誠與盲目同在，進取與投機並存。李曉的小說抹去了一般知青題材創作中那種虛幻的浪漫情調，也迴避了此類小說中常見的對不公平命運感傷訴說的情緒宣洩，他慣於用冷雋而略帶調侃的語調，敘述知識青年自身的性格弱點，以及這些弱點對他們一生命運的影響，顯示出一種嚴峻的寫實傾向。順著這種嚴峻的寫實傾向發展，其創作遂很自然地匯入新寫實主義的潮流。

李曉還在熱中於社會批判的時候，就已經不僅僅是一般性地攻擊社會的陳規陋習，而是把種種陳規陋習因人們的自私心態和利己主義相聯繫，從而將批判針砭的鋒芒不動聲色地指向人們靈魂深處。《繼續操練》寫研究生「四眼」的論文被教授剽竊，不僅求告無門，反而慘遭滅頂打擊的事件。倘若沒有對作為事件縱深背景的中文系數十年來派系鬥爭，以及這種派系鬥爭所導致的精神萎瑣、心靈狹隘的深刻了解，是難以理解「四眼」這種既荒誕又悲哀的遭遇的。由於這種派系鬥爭關係到各派成員的權力分配和種種既得利益，因此雙方幾十年來壁壘分明，冷戰不斷。然而奇怪得很，「四眼」引出的風波一起，出於對具體利益和勢力均衡的算計，過去與現在都殺得紅眼的各派勢力居然結成了對付「四眼」的「神聖同盟」。「自己老師那邊已經把他視做仇敵，而在仇敵那邊還是仇敵。」誰都知道揍他不會壞了兩家的默契，誰都樂得通過他揭露對手的腐敗無能。於是，「四眼」在論文答辯會上成了「千年難逢的好靶子」，誰都要踹他一腳，卻沒有人願意站出來為他說一句公道話。對於這種不合理、不公平的現實，李曉採取了一種清醒的旁觀者的姿態。從價值觀念上，他對現實中所有的不公平、不合理都是全面否定的，但在事實上，他又不得不對它們表示認可，表示一種無可奈何的達觀。他清楚地意識到，現實人生中的種種醜惡現象雖然可憎，卻是生活的有機組成部分，是不可掩飾，不可改變的客觀存在。所以，他的社會批判，不像理想主義者那樣有一個更高的參照體系，也不像感傷主義者那樣一味地憤世嫉俗。他的社會批判，以不動感情的嘲弄形式出現，一本正經地對現實生活開起不恭的玩笑。在《機關軼事》中，作者敘述了一個看似巧合，實則反映官場一種普遍心理的故事。在省府某機構中，一個處的正處長姓傅，副處長卻姓鄭，由於官場人物對自我職位的看重和潛在的攫取權勢的慾望，因而，姓氏的巧合給他們製造了不少麻煩。「叫fù處長，兩人抬頭，叫zhèn處長，也是兩人抬頭。」於是，上司考慮這確實是個問題，就將鄭副處長調往別的處室，並成全他，給了個正職，他原來的職位空著，給其他人一個美好的期盼。而內裡還有一層緣由，因為今後這個處只有一個處長，人們在稱呼處長時就不必再冠以姓氏來區別了。已經當著正處長的傅處長從此不用再聽別人叫他「fù」處長了，其愉悅的心理感受自與以前大不相同。作者看似不經意的一筆，深寓他對現實人生一般價值觀念的蔑視與嘲弄。李曉顯然清醒地意識到，諸如此類種種反常的滑稽事情在現代官場已然是司空見慣了，其存在既有盤根錯節的社會基礎，亦有較為複雜迷離的人性因素。與其疾言厲色地詛咒它們，莫如用冷色的幽默將它們的滑稽性質真實地予以揭示，讓讀者去思索。所以，在《機關軼事》中，「劉姥姥」犯有嚴重錯誤，處長下令要進行處罰，然而因為機關裡機構重疊和官僚作風猖獗，這個小小的決定竟然無法實現。對此，作品輕描淡寫道：「以後的幾天，還是沒有消息，劉姥姥逐漸恢復了常態，該幹什麼又幹什麼了。傅處長皺緊眉頭，不時睨劉姥姥一眼，顯然也不費思索。有一天他像是想通了，要就是不願再想，反正從那以後，他對劉姥姥比出事以前更親熱了。」

與社會批判同時並進，李曉對探索人的命運也有濃厚興趣。他的《女山歌》、《天橋》、《挽聯》等作品，所注重的是在一個較長的歷史時期中，在傳統倫理觀念、社會意識形態和國家政策方針支配下普通人的生存悲劇。《女山歌》展示的是農村婦女的悲劇命運。女山上麻瘋病院的女麻瘋病人尚且受著保護性的監視，山腳下村子裡的少女卻在自生自滅，任人玩弄，懷孕了乃至走投無路而自盡也無人知曉。女兒死了，做父親的還要罵罵咧咧，對子女的死發洩一通愚蠢的憤怒。《天橋》和《挽聯》則更注重造成普通人生存悲劇的社會政治因素。《天橋》中的王保因為一九五七年被「動員」到大會上向共產黨提了一次意見，就被戴上「右派分子」的帽子，發配邊遠地區人跡罕至之處，糊裡糊塗勞改了二十二年，而千里迢迢趕去探望愛子的母親又慘遭歹徒搶劫，死於途中。《挽聯》中的丁二的父親是參加解放戰爭有功的一名指揮員，由於愛上了上海的女中學生，拋棄了家鄉未過門的媳婦，被當成受資產階級「香風」腐蝕的反面典型，並被寫到戲中受到批判。由於丁二是在父母「犯錯誤」時懷胎的，因而在娘肚子裡就遭受打胎的磨難，僥倖出世後又受到家庭與社會的種種冷遇。他雖有當一名作家的宏願，卻一輩子勞累不堪，終於碌碌無為，並死於絕症。他在臨終前為自己寫下了一幅挽聯，道是：「半生勞累無愧父母妻室，一事未成有負師長同窗」，概括了在險惡的政治風浪中無能為力的普通人平凡而淒涼的一生。王保與丁二都是社會政治的犧牲品，這些人並無為著某種理想信念自覺鬥爭乃至獻身的悲壯言行，他們都是普普通通的人，很顯然，他們的悲劇命運就更帶有為社會政治因素所左右的陰鬱色彩。此類題材，新時期文學中幾乎絕大部分作家都嘗試寫過，而李曉的特色就在於他一如既往地保持著不動聲色、節制感情的敘述語調，彷彿是不經意地向讀者敘述一個平平淡淡的故事，人物命運的悲劇意蘊需要讀者在平平淡淡的故事情節中自己去品味。

如果說上述作品中人物悲劇命運的形成具有一定的必然性的話，那麼，近期李曉的創作，開始注意生活中大量存在的偶然性與或然性對人物命運形成的重要意義。《相會在K市》中的主人公劉東，是一位頗有才華的詩人，在上海一家大學畢業後，便離開舒適、安逸的生活環境，投身於敵後抗日武裝鬥爭。就是這位滿腔熱血的有為青年，卻不明不白地被中共隊伍處決在太湖邊上的蘆葦叢中。在新時期小說創作中，那種馳騁於槍林彈雨之中沒有犧牲卻喪命於自己同志之手的藝術形象為數不少，他們一般被從反思歷史的角度，描寫為無辜的犧牲者，其形象內在意蘊相當明確，即揭露中共極左路線給革命隊伍內部造成的巨大損失。《相會在K市》的主題意義就複雜得多，劉東慘死於自己同志的刀下，並不是極左路線的肆虐，或「肅反」的擴大化，不是歷史的必然，而是純粹出於被誤會的偶然因素。假如小說裡小麗的父親不是由於房東的誤會而偶然被捕，他和劉東按照預定計劃結伴離開上海到達敵後抗日根據地，劉東就不會被革命隊伍誤認為是上海敵特派來的奸細。這位富家子弟的革命生涯與羅曼蒂克的愛情生活所以過早夭折，純屬於意外的偶然原因，也就是像作品中所說的，「劉東之死真不知道該怨誰。」

發表於《收穫》雜誌一九九二年第一期上的《叔叔、阿姨、大舅和我》中的夏叔叔的悲劇命運發生在「解放」以後，而其根由則要追溯至數十年前。敘事人「我」的夏叔叔、杜叔叔與大舅三人是中學時代的莫逆之交，後來又一同參加中共革命，投奔新四軍。杜叔叔被敵人俘獲後，審訊中回答機智巧妙，引起敵方做審訊紀錄的女文書莞爾一笑。這一笑給杜叔叔遂留下相當深刻的印象。十幾年後，杜與夏重逢，發現那位女文書已成為夏家的主婦，亦即敘事人「我」的葉阿姨。也就在這個晚上，葉阿姨乘丈夫熟睡之際，打開煤氣開關，夫婦兩人都中毒身亡。夏此時已是某市副市長，英年有為，夫妻關係一向和睦親密，他的死在某市傳出，頗帶神祕色彩。而真正造成這一悲劇的原因，就是葉阿姨當年那偶然的一笑。無論是《相會在K市》中劉東之死，還是本篇中夏叔叔之死，其意都並不在於揭示某種歷史的本質與必然規律，而在於顯示偶然因素不可預測的力量與作用。此種因素雖非屬於歷史本質範疇，但它是歷史過程中本來就存在著的，是歷史的一種本色現象。儘管它是誰也無法預料的，即使科學也無法預見，但它往往能在關鍵時刻改變與重寫一個人，以至一個民族、一個國家的一段歷史。幾十年來，由於理論上對典型環境中的典型性格的強調，大陸傳統現實主義創作方法注重寫必然性、寫本質，往往把生活原生態中的大量偶然因素摒除在作品情節、氛圍之外，結果是導致人物性格與命運的人為的雷同。「新寫實」小說由「寫本質」走向「寫本色」，就是擺脫統治大陸文壇多年的傳統現實主義創作方法的一個重要突破口，它促進了近年來大陸小說的變異與轉型。在這一重要的突破上，李曉的創作頗為引人注目。

最後還應提及的是，色調冷雋的反諷是新寫實小說一種突出的藝術特色，在劉震雲、方方、池莉那裡，反諷做為一種藝術手段經常出沒於結構之中，與小說的情節聯結在一起，而李曉則多體現在語言的運作上。他喜歡借對名言與俗語的改用進行反諷。譬如《繼續操練》中，「我」乘車時，有個胖女人在擁擠中心安理得地坐在「我」的大腿上，「我」沒吭聲，因為「我」的屁股下也有把「沙發」在墊著。原想等那人叫喚，再把胖女人攆走，可那人一直不開口，於是「我」跟「沙發」較起勁兒來，「看爾忍耐到幾時」。此處這個七言句式就是人們熟悉的。在幾十年的政治風風雨雨中，「看你橫行到幾時」，已成為一流行語，現用到「忍耐」的描繪上，也頗具刺激性，使人聯想到更多、更廣。另外，他還經常運用一些褒義語詞來描繪現實中的醜惡現象，如《繼續操練》中寫「這小子確實有點才氣，我從來沒想到還有人把音樂這東西操練得那麼難聽」，在《機關軼事》中，寫第四處荒謬絕倫的「新規定」，「提高了本處的工作效率」，「對各處室都是一個促進」，「受到辦公廳的表彰」等等，都是褒中寓貶的反語。李曉作品中反諷手段的大量運用，突破了傳統現實主義批判現實的模式，在審美向度上更切近現代人調侃人生的美學趣味。

九、其他作者

涉足「新寫實」浪潮的還有其他一些作家，這裡不可能一一列舉，創作上頗有佳績，還值得提到的有劉慶邦、陳源斌、阿成等人。

劉慶邦是個在農村生長，又有礦工生活經歷的青年作家，他的作品多以農民和礦工生活為表現內容，迄今已有近百萬字的作品問世。

劉慶邦擅長寫棱角分明的礦工形象，他的成名作《走窯漢》（刊於《北京文學》一九八五年第九期）敘述了礦工馬海洲向誘姦他的妻子的採煤隊黨支部書記張清復仇的故事。長年在沈悶礦井裡勞作的礦工，最恨人家在地面上勾引他們的老婆，他之所以復仇，是在捍衛他應有的與地面上普通人一樣的權利。馬海洲並不滿足於捅了張清一刀，出獄後又像影子似地追迫著張清，以種種暗示虐殺他的精神，終於使他喪失了最後的安全感，跳窯自盡。

當「新寫實小說」蔚然興起之後，劉慶邦的創作視角和審美意識亦發生明顯變化，他開始注重生存狀態和生存境遇的群體性揭示，並對所表現的對象加入了文化性和整體性思考。他的小說《家屬房》被評論者認為與《風景》、《煩惱人生》、《單位》等是「同聲相應，同氣相求」之作。「家屬房」是礦場裡為來礦探親者所設的臨時住所，每到冬閑，鄉下的妻子便來這裡與當礦工的男人團圓。性飢渴是礦工中較普遍的問題，但小說並不停留在性問題上，而是借此透視礦工們的生存境況，借此展開各種本能與壓抑、慾望與匱乏，物質與精神的矛盾。在這裡，作者並不著意於刻畫單個人，因而，人物都具類型化的特點，每個人都有一個綽號，如「老嫖」、「黑丙」、「空槍」、「叛徒」、「秀才」、「路媽媽」之類，每個綽號都有自己的來歷。結局是「老嫖」死了，他在很大程度上像一個符號似地表達了那一群人的生存本相，令人深懷沈重之感。

另一篇《宣傳隊》的寫法與《家屬房》相似，也是用寫實的筆法來表達一種文化的思考。「宣傳隊」的全稱應是「毛澤東思想文藝宣傳隊」，是中共在文革中為宣傳「毛澤東思想」而設立的一種組織，類似流動歌舞團或流動劇團，全國到處都有，最具當時的文化色彩。這個宣傳隊是臨時搭就的，它走村串戶，大演「樣板戲」，大跳「忠字舞」，大講「念念不忘階級鬥爭」，節目中充滿火藥味，在宣傳隊內部也不斷按階級鬥爭的原則進行整肅，然而，宣傳隊員們壓抑不住正常的慾求，他們「亂交流，亂笑」，戀愛、偷情時有發生，「鳩山」和「鐵梅」還被捉姦、示眾，於是這個宣傳隊只有被解散。小說展現了一種充滿禁忌的文化對人性的壓抑，並對文化專制主義進行了辛辣的嘲諷。

除此之外，劉慶邦還相當關注人的生命本能慾望，探索理性掩蔽下的潛意識活動，致力於深入揭示人的複雜性，許多作品都貫穿性與死的意象，這一方面頗接近於劉恆。

安徽作家陳源斌，因其小說《萬家訴訟》改編成電影《秋菊打官司》，獲國際性大獎而名聲大噪。其實陳源斌以冷靜寫實的風格，觀照百姓眾生的存在，已推出了如《天驚維揚》、《天河》、《天行》、《安樂世界》、《安樂四陳》和《一案九罪》等一系列中、短篇小說，都頗出色，不同凡響。

陳源斌喜歡描寫帶有濃厚的傳奇色彩的鄉土風情中的人生，從《安樂四陳》算起，他寫了十來篇以「安樂」這個地方為背景的小說，可稱為「安樂系列」。《天驚維揚》的世俗風情與安樂相似，亦當屬此類作品。在這篇作品中，現實的生存故事與歷史的生存故事交織在一起。呂田雨的祖上以所得不義之財成了揚州城顯赫一時的豪富。直至清兵入關，揚州屠城十日，呂家宅第盡數化為瓦礫，後代避難於揚州坊。數年後，呂田雨的太太爺潛回揚州，欲取出祖上藏匿之財寶，結果為一伙賊匪所劫，並丟了性命。呂家從此衰頹，到呂田雨時完全敗落。呂田雨一如土匪出身的祖上，成了橫行鄉里的害群之馬。盛隆昌的爺爺曾參與洗劫呂家，他殺死同伙，獨吞財富，到了盛隆昌手中才讓他攜妻兒尋一遙遠陌生之地去享用。而此遙遠陌生之地竟是呂家子孫遷居之地，冤家路窄，惡惡相報，並由此殃及弱小和善良的人。珍姐，以及易三老漢一家遂成為呂、盛兩家惡惡交攻中的犧牲品。小說尾部，當揚州坊在「文革」動亂中顫抖，易三老漢落拓於灘頭時，又「瞥見一輪圓月的缺損。……忽然悟到這是天狗噬月」，他想起遙遠的童年，企望有人來敲盆吶喊，趕走天狗。所出來的人卻喊著「造反囉！」、「奪權囉！」的口號。故事也就此打住。在這樣漫長的人生之旅的踏勘之中，作者究詰於善惡休咎的變化，寄託著對存在的思考。

《萬家訴訟》敘述的是一個普通農婦和村長打官司的故事，表現了「民告官」的艱難，以及女主人公討個「說法」的執著。本來，農村中法制觀念很薄弱，何碧秋並不想和村長打官司，她甚至認為：「村長管一村人，就像一大家子，當家的管下人，打，罵，都可以的。」只是這個村長太「張狂」，他動手打人，而且打到致命的部位，她登門去問，竟「連個說法都沒有。」何碧秋決心「請政府講理」，她六進六出，「告到鄉裡、縣裡、市裡，又起訴到縣法院，上訴到市中院」，不惜代價，不屈不撓，非要告倒村長，「扳平這個理不可」。終於，官司打贏了，村長被銬走了。對這一結局，她「未喜先憂」，深為不安：「我上告他，不過想扳平個理，並沒有要送他去坐牢呀？」她的憂慮是有根據的，在現實的生存環境中存在著無形的強大勢力，恩怨相報，難免不會使她陷入更加艱困的境地。

這篇作品出現在「新寫實」浪潮方興未艾之際，由於它所具有的客觀寫實的外貌，人們自然把它做為「新寫實」的重要收穫。

阿成是一位東北作家，他的寫作歷史也有十餘年，寫過學現代派的作品，也寫過通俗小說，而近年則盡脫舊裝，以一種古拙而清新的面目出現於讀者面前。他的作品短小而豐腴，簡練而雋永，以一種特殊的筆法著力表現生活的原色。對於生活的真實性，他有明確的追求，他曾說：「我寫小說，常常搞不清小說與生活之間的界限。」這說明他是非常尊重和忠實於生活的本來面貌的。這一點正是「新寫實」的根本精神。

阿成的小說中有地方色彩十分濃郁的風物和風俗的描寫，然而，他更注重表現的還是這個有著特殊氛圍的地方的人情。《年關六賦》一篇曾獲一九八七～一九八八年全國短篇小說獎，它既表現了老三一家古風猶存，守歲時一家團圓，共敘天倫之樂，也真實地反映出時代變遷，往昔的家庭中淳厚、純摯的人情已經遭到剝蝕，有的家庭成員前來參與這一極具傳統色彩的活動，已多少是應付和敷衍。在二哥一番叮嚀之後，二嫂方做如下表示：「行。聽你的。就當上廟了，一天怎麼也認了。」可見其真情。與上輩人的親情相比照，流露出一種歷史的滄桑感。

《良娼》一篇所寫淪落為娼的江桃花與宋孝慈之間的互相愛憐，相濡以沫的真情十分感人，而對腐敗惡濁的社會習俗也有真切的揭示。阿成還有甚多篇什，對於人性被戕害的社會現實，對於人情淡薄、麻木、失落的社會現象，有深刻而如實的描寫。

阿成的小說一般沒有完整、連貫的情節，具有散文化的特徵，也可以說是嘗試一種現代的筆記體小說。這在「新寫實」作品中也是別具一格的。

「新寫實」小說並不是一個預設的概念，寫作這種小說的作家也並無事先的約定或共建的組織，所以，這裡所論及的一些作家和作品也只是按大陸評論界談論得較多的約略言之。本章所論到的諸人外，餘如李銳、楊爭光、閻連科、周大新、劉醒龍、張欣、劉毅然、苗長水、關仁山等人，也都有若干作品被視為有明顯的新寫實特色而常為評論者所論及。事實上，還有許多作家，和大量作品，也為「新寫實」浪潮所裹挾，僅《鍾山》雜誌推出「新寫實小說大聯展」，欣然表示願意參與其事者就有數十位之多，可惜不能一一談到了。

再則，本章所論列的作品大都是短篇與中篇，長篇除蘇童的《米》《我的帝王生涯》與范小青的《褲襠巷風流記》略有論述外，其餘都沒有提到。其實，長篇中也有不少佳作「新寫實」的色彩頗濃厚，例如方方的《落日》（一九九〇）、劉震雲的《故鄉天下黃花》（一九九一）、《故鄉相處流傳》（一九九三）、余華的《呼喊與細雨》（一九九一）、洪峰的《東八時區》

（一九九二）、格非的《邊緣》（一九九二）、劉恆的《蒼河白日夢》（一九九二）[20]等，但是限於篇幅，只好暫時存而不論了。

[20] 參看宋遂良：《評幾部「新寫實」的長篇小說》，《文學評論》（北京），一九九三年五期。

叁：餘論

「新寫實小說」的前景

一、對「新寫實小說」的批評

「新寫實小說」發軔於一九八七年，至八八年始被人注意，並展開討論，而翌年即遭逢「六四」事件，大氣候驟變，文學創作如何因應，許多作家一時茫茫然，難免陷於萎頓。在這樣的情勢下，「新寫實小說」卻仍然繼續登場，保持了連續性的態勢，劉震雲的《一地雞毛》、池莉的《不談愛情》、《太陽出世》、李曉的《挽聯》等聯袂問世，給人以頗為鼓舞的信息。

「新寫實小說」對人的生存環境、生存狀態的大膽、真實的揭示，不合中共正統派人士的口味，因而對此種小說進行批評、干預和限制之聲，一九八九年以後一度高揚起來。權威人士透露：有人指出它們在政治上是有害的乃至危險的，有一些嚴厲的批評文章準備好了但未發表❶。而事實上，已經有了一些動作，半官方的《文藝報》即發表過措辭較為嚴厲的批評文章，意識形

❶ 見王蒙參加一九九二年九月澳大利亞布里斯班市「作家週」活動的講話稿，刊於《當代作家評論》，一九九二年第六期。

態的權威研究機構中國社會科學院文學研究所也組織座談，並發表座談紀要，主持者指陳：「從這樣的作品中很難感受時代的主旋律，很難觸摸社會主義四化建設和改革開放的宏偉的歷史脈搏」❷。

另一方面，在大陸評論家的自由討論中，也有對其得失的評斷，於熱情的肯定中指出其不足，早在一九八九年五月，張韌就撰寫《新寫實小說得失論》，打破眾口一辭都叫好的局面，指出它實際存在三種缺憾：未能掙脫問題小說的模式；缺乏獨到的哲學認識和宏大的人類命運感；沒有理想的精英形象，人物大多是生存困境中的被動存在體，而未能深刻表現人的價值自我實現與改變「生態」的人性要求❸。

劉納則批評「新寫實小說」中的無奈的情緒說：

> 文學作為藝術的一個門類，它的本質精神是在與現實的抗衡中昇華出來的，因此才有虛構另一個現實物質世界以外的世界的必要性。……但如今我們看到的卻是，人物在生活中的無奈與作家在藝術創造方面的無奈已經粘連在一起。「新寫實」旗下不少作家的創作

❷《「新寫實」小說座談輯錄》，見主持者張炯的結語，《文學評論》，一九九一年第三期。

❸張韌：《生存本相的勘探與失落——新寫實小說得失論》，《文藝報》，一九八九年五月二十七日。

> 思維桎梏在慣性的軌道上，智性空間和感性空間已經收縮。甚至在關於「新寫實」的評論文章裡，也能讀出一種無奈的情味。無奈感瀰漫著，蔓延著。文學在無奈中向現實舉起了降旗。❹

這種批評應該說也有相當的道理。

問題也逐漸集中在「新寫實小說」與自然主義的關係上。

自然主義在大陸現當代文學中一向是受撻伐的對象，在對「新寫實小說」的批評中，有一項就是說它與自然主義有某種相似，或說有自然主義的傾向與特徵。

金宏達在《新寫實小說與自然主義》一文中專門比較了兩者的異同，他認為：

> 自然主義和新寫實小說，孕育與誕生的時代背景不一樣，文學與哲學淵源亦不同。雖本旨同在求真實，自然主義受十九世紀自然科學發展之啟發，立足於實證主義；新寫實小說則是當今中國文學各種潮流匯合點上的新生物，尤與新潮小說關係「曖昧」，其還原之

❹ 劉納：《無奈的現實和無奈的小說——也談「新寫實」》，《文學評論》，一九九三年第四期。

說，與西方現象學理論鈎連，使其現代色彩相當濃厚。❺

但無論如何，「新寫實小說」確有與自然主義某些相似之點，如追求無任何矯飾的真實、冷靜、客觀，描寫社會底層生活，不避惡與醜的存在等。問題是要正確地予以判斷，區分利弊。雷達在一篇關於小說創作趨勢探討的文章中就持此態度，既不一筆抹煞自然主義的貢獻與價值，也不無微詞，如說某些新寫實小說也是「一種過濾」：「留下了原色，感覺，密度，濾除了必要的思想元素、明朗的價值判斷和藝術化的傾向性。這就不能不削弱它的思想力量以至從根本上削弱它的藝術力量。」❻

不過，這種批評反映出評論家自己思想上許多成規並未破除，如雷達在最初對「新寫實小說」的闡述中還曾為它反叛「典型化」喝彩，現在又批判它「放棄或削弱了典型化」，至少是表明了傳統價值觀念慣性太大。

---

❺ 金宏達：《新寫實小說與自然主義》，《小說：敲碎與綴合》，第二四六頁，山東文藝出版社，一九九二年十月。

❻ 雷達：《關於小說創作的若干思考》，《新華文摘》，一九九一年第一期，《作家》，一九九一年第五期。

二、尚未終止的潮流

目前，「新寫實小說」創作和評論的高峰都已過去，任何一種文學潮流都會有其盛衰的過程，這是不奇怪的。兩年前就已經有人提出，「新寫實小說」是否已經終結的問題。

提出這個問題的人是根據他們這樣一種觀察，即看到近年來，「新寫實」的若干代表作家正在向現實主義回歸，他們舉出劉震雲的長篇新作《故鄉天下黃花》，池莉的《你是一條河》、《熱也好冷也好活著就好》以及方方的《桃花燦爛》為例，認為「越來越多的新寫實小說不僅做不到無觀念介入，也難做到對生活的真正『還原』，相反，注重思想意蘊與對生活有意義的部分的截取成為新寫實小說共有的特徵。」❼一方面，在取材上，也有愈來愈多的新寫實小說由現實人生轉向歷史生活，由人的生存境況的揭示轉向人的心靈、心理的探索。評論者把這種

❼李曉峰：《齟齬與回歸——關於新寫實批評與創作走向的思考》，《當代作家評論》，一九九二年第四期。

情況描述為「新寫實小說」的創作與「新寫實」的定義之間的齟齬，認為或者是「新寫實小說」進一步演變突破了原有的界定，或者是原先所做的界定本身就有臆斷的成分。那麼，究竟「新寫實小說」是否已經劃上了句號呢？

情況恐怕還不是如此。從近幾年大陸小說的創作狀況看，介於寫實主義和現代主義，或者說綜合了兩方面的某些特徵的創作，仍然是主流，小說創作出現這樣的局面，決不是偶然的、人為的。看起來，似是在夾縫中生存，而實際上則是沖積出一片開闊地，可以平緩而沈穩地前行。回到過去趨於一極的情況是不可能了，而新的熱點，似乎一時也沒有。

大陸評論家雷達最近在一篇文章中評九十年代初期的小說潮流，認為創作已經發生「從生存相到生活化的轉移」。他寫道：

> 時間過去了五年，當我們告別一九九二年的時候，倘若仍然抱著「新寫實」不放，以為它仍然是主導性潮流，那就顯然不夠了。因為創作實踐的水位早已漲破了「新寫實」原先的堤壩。不能說新寫實潮流已經消失，但隨著當代生活的發展和審美需求的轉移，許多新的因素、新的體驗、新的價值、新的思維加入進來，一些舊的熱點不再成為熱點，於是，一個更寬廣的潮流出現了。用「樸素現實主義」來概括當前小說的主導趨勢，也許更符合

實際。❽

幾乎可以肯定的是，任何文學創作都最忌重複、定型、一成不變，「新寫實」潮流也必定要與世推移，並最終為新的潮流代替。但是否在基本性質並未大變的情況下，又易幟為「樸素現實主義」？這恐怕是評論家的一偏之見或一廂情願，而與實際情形不大相侔。

反對的意見則認為「新寫實」不僅沒有消歇，也沒有轉型，而是「從八十年代從容地跨到九十年代，一直佔據著小說創作的主流地位。」❾張德祥說：

不能對「新寫實」作一種狹隘的理解，因為它不是一個有共同風格的文學流派，也不是一個有共同綱領的文學運動，而是「寫實」文學自八十年代後期以來表現出來的一種「新」的發展趨勢，是世紀末社會轉型的特定的歷史情境中，中心意識形態被商品經濟消解之後，

❽ 雷達：《從生存相到生活化——九十年代初期的小說潮流》，《小說評論》，一九九三年第三期。

❾ 張德祥：〈「走向寫實」：世紀末的文學主流〉，《社會科學戰線》（長春）一九九四年六期，頁二四九。

精神解體、理性幻滅之後，文學的一種自然趨勢。❿

我以為這意見大體上是對的。事實上，新時期大陸文學的發展過程本質上就是一個逐步（反思、尋根、現代主義、新寫實）消解中心意識形態（即中共意識形態）的過程。這個中心意識形態曾經牢牢地全面地桎梏著文學，使之異化為它的工具與宣傳品。因此，大陸新時期文學的發展過程也可以說是一個反叛異化的過程。「新寫實」把這個反叛的過程推到勝利的頂點。同時也是這個反叛過程基本結束之後文學必然呈現的面貌。所以，「新寫實」的出現也就是意味著過去種種反叛旗號的不再必要，「新寫實」吸收了它們，代替了它們，也超越了它們，一統了天下。自一九八七年以後，所有的大陸小說無論短篇、中篇，乃至長篇，只要稍有成就的，幾乎莫不帶有「新寫實」的色彩。所有的小說作家，也幾乎都向「新寫實」大旗靠攏（先鋒作家蘇童、余華、格非、洪峰等人的轉向是最好的例子），其原因蓋在於此。如果這個分析是不錯的，那麼我們可以斷言，「新寫實」今後還將是大陸小說界在很長一段時間內的主要趨勢（當然不排斥在這總的趨勢下出現的各種小差異與小流派），而不會是一個轉瞬即逝的潮流。

---

❿同上，頁二五八。

參考書目

丁永強整理：《新寫實作家、評論家談新寫實》，《小說評論》，一九九一年第三期。

王敏：《新寫實小說與現代人意識》，《理論學刊》（濟南），一九九三年第一期。

王寧：《繼承與斷裂：走向後新時期的文學》，《文藝爭鳴》（長春），一九九二年第六期。

王寧：《後新時期與後現代》，《文學自由談》，一九九四年三月號。

王蒙：《中國的先鋒小說與新寫實主義》（一九九二年九月在澳大利亞布里斯本市「作家週」活動的講話），《當代作家評論》，一九九二年第六期。此文亦收入《王蒙文集》第六卷，華藝出版社，北京，一九九三年十二月。

白燁：《「後新時期小說」走向芻議》，《文藝爭鳴》（長春），一九九二年第六期。

李俊國：《都市煩惱人生的原生態寫實》，《江漢論壇》，一九九二年第九期。

李潔非：《十年煙雲過眼：小說潮流親歷路》，《小說月報》（天津），一九九三年第七期。

李曉峰：《齟齬與回歸——關於新寫實批評與創作走向的思考》，《當代作家評論》，一九九二年第四期。

汪政、曉華：《新寫實與小說的民族化》，《文藝研究》（北京），一九九三年第二期。

宋遂良：《評幾部「新寫實」長篇小說》，《文學評論》（北京），一九九三年第五期。

吳義勤：《蘇童小說的生命意義》，《江蘇社會科學》（南京），一九九五年第一期。

於可訓：《論方方近作的藝術》，《文學評論》，一九九一年第三期。

金宏達：《新寫實小說與自然主義》，《小說：敲碎與綴合》，山東文藝出版社，一九九二年十月。

周政保：《無可奈何的感嘆及傳達》，《文藝研究》（北京），一九九三年第二期。

周政保：《「新寫實小說」的審美品格》，《小說評論》（西安），一九九三年第五期。

林為政：《新寫實小說，平民藝術的追求》，《當代作家評論》（瀋陽），一九九三年第二期。

屈文峯：《新寫實小說人物形象塑造得失談》，《文論報》（石家莊），一九九三年六月十九日。

范小青：《我是誰》，《青春》，一九八五年第九期。

柏文猛：《論新時期文學中的消極生命意識》，《鹽城師專學報》哲社版，一九九四年第二期。

唐翼明：《大陸新時期前十年的三股主要文學思潮》，《大陸新時期文學（一九七七～一九八九）：理論與批評》附錄㈠（臺北），東大圖書公司，一九九五年四月。

徐肖楠：《兩種小說真實的傾向——新寫實小說與新潮小說的比較》，《蘭州大學學報》社科版，一九九四年第一期。

高愛琴：《新寫實小說的語言變異》，《上海師範大學學報》哲社版，一九九三年第一期。

陳旭光：《「新寫實小說」的終結——兼及「後現代主義」在中國文學中的命運》，《文藝評論》（哈爾濱），一九九四年第一期。

陳思和：《當代創作中的生存意識——關於「新寫實小說」特徵的探討》，《新地文學》（臺北），一九九三年三月，第一卷第四期。

陳曉明：《「權力意識」與「反諷意味」——對劉震雲小說的一種理解》，《官人》，長江文藝出版社，一九九二年十二月。

陳曉明：《反抗危機：論新寫實》，《文學評論》（北京），一九九三年第三期。

程德培：《劉恆論——對劉恆小說創作的回顧性閱讀》，《當代作家評論》，一九八八年第五期。

張炯等：《「新寫實」小說座談輯錄》，《文學評論》，一九九一年第三期。

張炯：《從解構到重構——也談九十年代文學的「新狀態」》，《文藝爭鳴》（長春），一九九四年第四期。

張恬：《「白渦」書後》，劉恆《白渦》，長江文藝出版社，一九九二年十月。

張景超：《一種誤讀：後現代對新寫實》，《文藝評論》（哈爾濱），一九九三年第六期。

張韌：《生存本相的勘探與失落——新寫實小說得失論》，《文藝報》，一九八九年五月二十七日。

張韌：《新苑掠影》，《中華文學選刊》（北京），一九九五年第五期。

張業松：《新寫實：回到文學自身》，《上海文學》，一九九三年第七期。

張德祥：《走向寫實：世紀末的文學主流》，《社會科學戰線》（長春），一九九四年第六期。

張頤武：《後新時期文學：新的文化空間》，《文藝爭鳴》（長春），一九九二年第六期。

雷達：《探求生存本相展示原色魄力——論近期一些小說審美意識的新變》，《文藝報》，一九八八年三月二十六日。

雷達：《關於小說創作的若干思考》，《新華文摘》，一九九一年第一期；《作家》，一九九一年第五期。

雷達：《關於寫生存狀態的文學》，《民族靈魂的重鑄》，中國工人出版社，一九九二年七月。

雷達：《「白渦」的精神悲劇》，《民族靈魂的重鑄》，中國工人出版社，一九九二年七月。

雷達：《從生存相到生活化——九十年代初期的小說潮流》，《小說評論》，一九九三年第三期。

雷達等：《九十年代的小說潮流》，《上海文學》，一九九四年第一期。

葉木：《論劉震雲的小說視角——兼及「新寫實小說」論評》，《湖北師範大學學報》哲社版（黃石），一九九四年第一期。

葉稚英：《論大陸當前盛行的新寫實小說》，《中國大陸研究》，第三十六卷第十期，一九九三年十月。

趙全龍：《「後知青文學」的新寫實趨向》，《上海師範大學學報》哲社版，一九九三年第四期。

趙毅衡：《二種當代文學》，《文藝爭鳴》（長春），一九九二年第六期。

劉納：《無奈的現實和無奈的小說》，《文學評論》（北京），一九九三年第四期。

劉嘉陵：《沈重疲憊的新寫實小說》，《遼寧日報》（瀋陽），一九九三年一月十八日。

蔣原倫：《一個新主題的出現——評劉震雲中篇小說「單位」》，《文藝報》，一九八九年四月二十二日。

曉華、汪政：《范小青的現在時》，《小說評論》，一九九〇年第二期。

滄海叢刊書目（二）

國學類

書名	作者
先秦諸子繫年	錢　穆　著
朱子學提綱	錢　穆　著
莊子纂箋	錢　穆　著
論語新解	錢　穆　著
周官之成書及其反映的文化與時代新考	金春峯　著
尚書學述（上）、（下）	李振興　著
周易縱橫談	黃慶萱　著
考證與反思 ——從《周官》到魯迅	陳勝長　著

哲學類

書名	作者
哲學十大問題	鄔昆如　著
哲學淺論	張　康　譯
哲學智慧的尋求	何秀煌　著
哲學的智慧與歷史的聰明	何秀煌　著
文化、哲學與方法	何秀煌　著
人性・記號與文明 ——語言・邏輯與記號世界	何秀煌　著
邏輯與設基法	劉福增　著
知識・邏輯・科學哲學	林正弘　著
現代藝術哲學	孫　旗　譯
現代美學及其他	趙天儀　著
中國現代化的哲學省思 ——「傳統」與「現代」理性的結合	成中英　著
不以規矩不能成方圓	劉君燦　著
恕道與大同	張起鈞　著
現代存在思想家	項退結　著
中國思想通俗講話	錢　穆　著
中國哲學史話	吳怡、張起鈞　著
中國百位哲學家	黎建球　著
中國人的路	項退結　著

中國哲學之路	項退結 著
中國人性論	臺大哲學系主編
中國管理哲學	曾仕強 著
孔子學說探微	林義正 著
心學的現代詮釋	姜允明 著
中庸誠的哲學	吳怡 著
中庸形上思想	高柏園 著
儒學的常與變	蔡仁厚 著
智慧的老子	張起鈞 著
老子的哲學	王邦雄 著
當代西方哲學與方法論	臺大哲學系主編
人性尊嚴的存在背景	項退結編訂
理解的命運	殷鼎 著
馬克斯・謝勒三論	阿弗德・休慈原著、江日新 譯
懷海德哲學	楊士毅 著
海德格與胡塞爾現象學	張燦輝 著
洛克悟性哲學	蔡信安 著
伽利略・波柏・科學說明	林正弘 著
儒家與現代中國	韋政通 著
思想的貧困	韋政通 著
近代思想史散論	龔鵬程 著
魏晉清談	唐翼明 著
中國哲學的生命和方法	吳怡 著
孟學的現代意義	王支洪 著
孟學思想史論（卷一）	黃俊傑 著
莊老通辨	錢穆 著
墨家哲學	蔡仁厚 著
柏拉圖三論	程石泉 著
倫理學釋論	陳特 著
儒道論述	吳光 著
新一元論	呂佛庭 著

宗教類

佛教思想發展史論	楊惠南 著
佛教思想的傳承與發展——印順導師九秩華誕祝壽文集	釋恒清主編

書名	作者
佛經成立史	水野弘元著、劉欣如譯
圓滿生命的實現（布施波羅密）	陳柏達著
薝蔔林・外集	陳慧劍著
維摩詰經今譯	陳慧劍譯註
龍樹與中觀哲學	楊惠南著
公案禪語	吳怡著
禪學講話	芝峰法師譯
禪骨詩心集	巴壺天著
中國禪宗史	關世謙譯
魏晉南北朝時期的道教	湯一介著
佛學論著	周中一著
當代佛教思想展望	楊惠南著
臺灣佛教文化的新動向	江燦騰著
釋迦牟尼與原始佛教	于凌波著
唯識學綱要	于凌波著
從印度佛教到中國佛教	冉雲華著
中印佛學泛論——傅偉勳教授六十大壽祝壽論文集	藍吉富主編
禪史與禪思	楊惠南著

社會科學類

書名	作者
中華文化十二講	錢穆著
民族與文化	錢穆著
楚文化研究	文崇一著
中國古文化	文崇一著
社會、文化和知識分子	葉啟政著
儒學傳統與文化創新	黃俊傑著
歷史轉捩點上的反思	韋政通著
中國人的價值觀	文崇一著
奉天承運——古代中國的「國家」概念及其正當性基礎	王健文著
紅樓夢與中國舊家庭	薩孟武著
社會學與中國研究	蔡文輝著
比較社會學	蔡文輝著
我國社會的變遷與發展	朱岑樓主編
三十年來我國人文及社會科學之回顧與展望	賴澤涵主編

社會學的滋味	蕭新煌 著
臺灣的國家與社會	徐正光、蕭新煌主編
臺灣的社區權力結構	文崇一 著
臺灣居民的休閒生活	文崇一 著
臺灣的工業化與社會變遷	文崇一 著
臺灣社會的變遷與秩序（政治篇）、（社會文化篇）	文崇一 著
鄉村發展的理論與實際	蔡宏進 著
臺灣的社會發展	席汝楫 著
透視大陸	政治大學新聞研究所主編
寬容之路——政黨政治論集	謝延庚 著
憲法論衡	荊知仁 著
周禮的政治思想	周世輔、周文湘 著
儒家政論衍義	薩孟武 著
制度化的社會邏輯	葉啟政 著
臺灣社會的人文迷思	葉啟政 著
臺灣與美國的社會問題	蔡文輝、蕭新煌主編
自由憲政與民主轉型	周陽山 著
蘇東巨變與兩岸互動	周陽山 著
教育叢談	上官業佑 著
不疑不懼	王洪鈞 著
戰後臺灣的教育與思想	黃俊傑 著
太極拳的科學觀	馬承九編著
兩極化與分寸感——近代中國精英思潮的病態心理分析	劉笑敢 著
唐人書法與文化	王元軍 著
C理論——易經管理哲學	成中英 著

史地類

國史新論	錢穆 著
秦漢史	錢穆 著
秦漢史論稿	邢義田 著
宋史論集	陳學霖 著
宋代科舉	賈志揚 著
中國人的故事	夏雨人 著
明朝酒文化	王春瑜 著

書名	作者
劉伯溫與哪吒城 ——北京建城的傳說	陳學霖 著
歷史圈外	朱桂 著
歷史的兩個境界	杜維運 著
近代中國變局下的上海	陳三井 著
當代佛門人物	陳慧劍編著
弘一大師傳	陳慧劍 著
杜魚庵學佛荒史	陳慧劍 著
蘇曼殊大師新傳	劉心皇 著
近代中國人物漫譚	王覺源 著
近代中國人物漫譚續集	王覺源 著
魯迅這個人	劉心皇 著
沈從文傳	凌宇 著
三十年代作家論	姜穆 著
三十年代作家論續集	姜穆 著
當代臺灣作家論	何欣 著
史學圈裏四十年	李雲漢 著
師友風義	鄭彥棻 著
見賢集	鄭彥棻 著
思齊集	鄭彥棻 著
懷聖集	鄭彥棻 著
憶夢錄	呂佛庭 著
古傑英風 ——歷史傳記文學集	萬登學 著
走向世界的挫折 ——郭嵩燾與道咸同光時代	汪榮祖 著
周世輔回憶錄	周世輔 著
三生有幸	吳相湘 著
孤兒心影錄	張國柱 著
我這半生	毛振翔 著
我是依然苦鬥人	毛振翔 著
八十憶雙親、師友雜憶（合刊）	錢穆 著
烏啼鳳鳴有餘聲	陶百川 著

語文類

書名	作者
標點符號研究	楊遠編著

訓詁通論	吳孟復 著
翻譯偶語	黃文範 著
翻譯新語	黃文範 著
翻譯散論	張振玉 著
中文排列方式析論	司琦 著
杜詩品評	楊慧傑 著
詩中的李白	楊慧傑 著
寒山子研究	陳慧劍 著
司空圖新論	王潤華 著
詩情與幽境 ——唐代文人的園林生活	侯迺慧 著
歐陽修詩本義研究	裴普賢 著
品詩吟詩	邱燮友 著
談詩錄	方祖燊 著
情趣詩話	楊光治 著
歌鼓湘靈 ——楚詩詞藝術欣賞	李元洛 著
中國文學鑑賞舉隅	黃慶萱、許家鸞 著
中國文學縱橫論	黃維樑 著
漢賦史論	簡宗梧 著
古典今論	唐翼明 著
亭林詩考索	潘重規 著
浮士德研究	李辰冬 著
十八世紀英國文學 ——諷刺詩與小說	宋美瑋 著
蘇忍尼辛選集	劉安雲 譯
文學欣賞的靈魂	劉述先 著
小說創作論	羅盤 著
小說結構	方祖燊 著
借鏡與類比	何冠驥 著
情愛與文學	周伯乃 著
鏡花水月	陳國球 著
文學因緣	鄭樹森 著
解構批評論集	廖炳惠 著
細讀現代小說	張素貞 著
續讀現代小說	張素貞 著

書名	作者
現代詩學	蕭　　蕭　著
詩美學	李元洛　著
詩人之燈 ——詩的欣賞與評論	羅　　青　著
詩學析論	張春榮　著
修辭散步	張春榮　著
修辭行旅	張春榮　著
橫看成嶺側成峯	文曉村　著
大陸文藝新探	周玉山　著
大陸文藝論衡	周玉山　著
大陸當代文學掃描	葉穉英　著
走出傷痕 ——大陸新時期小說探論	張子樟　著
大陸新時期小說論	張　　放　著
大陸新時期文學（1976－1989） ——理論與批評	唐翼明　著
兒童文學	葉詠琍　著
兒童成長與文學	葉詠琍　著
累廬聲氣集	姜超嶽　著
林下生涯	姜超嶽　著
青　春	葉蟬貞　著
牧場的情思	張媛媛　著
萍踪憶語	賴景瑚　著
現實的探索	陳銘磻　編
一縷新綠	柴　　扉　著
金排附	鍾延豪　著
放　鷹	吳錦發　著
黃巢殺人八百萬	宋澤萊　著
泥土的香味	彭瑞金　著
燈下燈	蕭　　蕭　著
陽關千唱	陳　　煌　著
種　籽	向　　陽　著
無緣廟	陳艷秋　著
鄉　事	林清玄　著
余忠雄的春天	鍾鐵民　著
吳煦斌小說集	吳煦斌　著

書名	作者
卡薩爾斯之琴	葉石濤　著
青囊夜燈	許振江　著
我永遠年輕	唐文標　著
思想起	陌上塵　著
心酸記	李　喬　著
孤獨園	林蒼鬱　著
離　訣	林蒼鬱　著
托塔少年	林文欽　編
北美情逅	卜貴美　著
日本歷史之旅	李希聖　著
孤寂中的廻響	洛　夫　著
火天使	趙衛民　著
無塵的鏡子	張　默　著
關心茶——中國哲學的心	吳　怡　著
放眼天下	陳新雄　著
生活健康	卜鍾元　著
文化的春天	王保雲　著
思光詩選	勞思光　著
靜思手札	黑　野　著
狡兔歲月	黃和英　著
老樹春深更著花	畢　璞　著
列寧格勒十日記	潘重規　著
文學與歷史——胡秋原選集第一卷	胡秋原　著
晚學齋文集	黃錦鋐　著
天山明月集	童　山　著
古代文學精華	郭　丹　著
山水的約定	葉維廉　著
明天的太陽	許文廷　著
在天願作比翼鳥——歷代文人愛情詩詞曲三百首	李元洛　輯注
千葉紅芙蓉——歷代民間愛情詩詞曲三百首	李元洛　輯注
鳴酬叢編	李飛鵬　編纂

秩序的探索 ——當代文學論述的省察	周慶華 著
樹人存稿	馬哲儒 著

美術類

音樂與我	趙琴 著
音樂隨筆	趙琴 著
爐邊閒話	李抱忱 著
琴臺碎語	黃友棣 著
樂林蓽露	黃友棣 著
樂谷鳴泉	黃友棣 著
樂韻飄香	黃友棣 著
樂海無涯	黃友棣 著
弘一大師歌曲集	錢仁康編著
立體造型基本設計	張長傑 著
工藝材料	李鈞棫 著
裝飾工藝	張長傑 著
人體工學與安全	劉其偉 著
現代工藝概論	張長傑 著
藤竹工	張長傑 著
石膏工藝	李鈞棫 著
色彩基礎	何耀宗 著
當代藝術采風	王保雲 著
都市計劃概論	王紀鯤 著
建築設計方法	陳政雄 著
古典與象徵的界限 ——象徵主義畫家莫侯及其詩人寓意畫	李明明 著
民俗畫集	吳廷標 著

～涵泳浩瀚書海　激起智慧波濤～